O SOL BRILHOU NA CURRÚPNIA
(SIMURGH, A AVE SAGRADA)

O SOL BRILHOU NA CURRÚPNIA
(SIMURGH, A AVE SAGRADA)

GILBERTO SCHWARTSMANN

Editora Sulina

Copyright © Gilberto Schwartsmann, 2022
Capa: Humberto Nunes
Editoração: Niura Fernanda Souza
Revisão: Simone Ceré
Editor: Luis Antônio Paim Gomes

S399s Schwartsmann, Gilberto
O sol brilhou na Currúpnia: Simurgh, a ave sagrada / Gilberto Schwartsmann. – Porto Alegre: Sulina, 2022.
128p. ; 12x18 cm.

ISBN: 978-65-5759-051-5

1. Literatura Brasileira – Teatro. 2. Teatro Brasileiro. I. Título.

CDU: 821.134.3(81)-2
CDD: B869
792

Todos os direitos desta edição são reservados para:
EDITORA MERIDIONAL LTDA.

Rua Leopoldo Bier, 644, 4º andar – Santana
CEP: 90620-100 – Porto Alegre/RS
Fone: (0xx51) 3110.9801
www.editorasulina.com.br
e-mail: sulina@editorasulina.com.br

Janeiro/2022

Contexto

Estamos no ano de 2040. A história se dá num asilo, no interior da Currúpnia, um país imaginário – não tão imaginário assim – cheio de contradições e injustiças. Nesse país tão injusto, o respeito ao indivíduo e às diferenças foi praticamente esquecido. As desigualdades são imensas. E alguns – seis indivíduos, talvez – ganham mais do que a soma de todos os rendimentos da metade mais pobre da população. Na Currúpnia, os abismos sociais são a regra. A cultura e a arte são tratadas com desdém pelas autoridades e pela maior parte da elite econômica. Para receber apoio financeiro a iniciativas artísticas, o setor da cultura deve literalmente implorar de joelhos por alguma migalha que sobre do orçamento do governo. Em resumo, não é fácil viver da arte na Currúpnia.

Personagens

~~~

Oneirópolos:

Um grande ator de teatro, idoso e que vive num asilo distante, no interior da Currúpnia.

Disoíonos:

Uma grande atriz de teatro, idosa e que vive num asilo distante, no interior da Currúpnia.

Ato 1

(A cena se passa num asilo na Currúpnia, um país imaginário. Há uma senhora sentada numa poltrona – seu nome, Disoíonos, apelido Didi. Ela lê um livro. Um homem entra – seu nome, Oneirópolos, para os mais íntimos, Nei.)

Oneirópolos: Disoíonos, minha querida! Eu preciso te contar uma coisa fabulosa, uma notícia que eu acabo de receber! Será a nossa redenção! Um novo sopro de liberdade!

Disoíonos: Meu Deus, mas que aparição entusiasmante, neste lugar onde nada acontece... a porcaria de asilo onde todos esqueceram a gente... Uma notícia? Há tanto tempo que não recebemos uma notícia por aqui... O que houve? Fecharam outra Universidade na Currúpnia? Proibiram a edição de algum livro ou algum velhinho abandonado de nosso asilo amanheceu morto? Pois notícia por aqui, Nei, é só desgraça e óbitos...

Oneirópolos: Ninguém morreu, minha querida, muito pelo contrário... nós dois é que renasceremos! Ah, eu tenho uma notícia maravilhosa para te dar, minha querida! Eu até fiquei inspirado... Lembrei-me da fala de Edward, do grande T. S. Eliot, em seu *Cocktail Party*: "Não se vá ainda. Preciso muito conversar com alguém; e é mais fácil conversar com alguém que não se conhece".

Disoíonos: Que beleza de texto! T. S. Eliot... que elegância! Conta a notícia, Oneirópolos, querido! Conta!

Oneirópolos: Nós renasceremos das cinzas, minha querida! Com a notícia que acabo de receber, um novo sopro de esperança surge no horizonte!

Disoíonos: Renasceremos? Sopro de esperança? Aqui, neste fim de mundo? Eu gostaria de saber o conteúdo dessa notícia tão impactante imediatamente... pois eu ainda estou convicta de que nós dois, tu e eu, senhor Oneirópolos, estamos mortos em vida, entendeu? Mortinhos... E enterrados nesta porcaria de asilo de idosos...

Oneirópolos: Didi, minha querida e consagrada Disoíonos, cujos holofotes ainda brilham sobre o belo e jovial rosto! Eu recebi uma notícia sobre um concurso de peças teatrais... pois é exatamente o que nós dois precisávamos! A notícia chegou por esse sistema que eu nem sei o nome...

Disoíonos: Por Western? Telex? Telefax? Celular? iPhone? Ou por um desses sistemas mais novos – como se chama mesmo? Ui-phone...

Oneirópolos: Que Telefax, Western, nada, Didizinha! Eu recebi uma mensagem do teu marido, ex-marido, sei lá, o Dianooúmenos! O teu Didi! E não me pergunte como, mas foi dele a mensagem, acho que de dentro daquele tubo hiperbárico em que ele é alimentado por gases dos mais diversos... Ele me enviou uma mensagem por essa coisa que é um pouco telefone, um pouco computador... e que eles inventam uma versão diferente a cada dia – não é telefone, nem iPhone.

Disoíonos: Do Dianooúmenos? Do meu Didi? O meu falecido marido? Mas Nei, o Didi está tecnicamente morto, o meu querido... infelizmente, morto... vive com a ajuda de aparelhos, naquele infeliz e claustrofóbico tubo hiperbárico, mas, na prática, ele já se encontra – o coitadinho – do outro lado do mundo... (Mais séria e interessada) A mensagem chegou, mesmo?

Oneirópolos: Sim! Por um desses aparelhos novos e misteriosos, que praticamente falam e respondem por nós, os Ui-phones, os quais, mesmo sem perguntar o que pensamos ou deixamos de pensar sobre qualquer assunto, respondem. Tu talvez te lembres, é o tal aparelhinho, menor que um grão de milho, que minha sobrinha me presenteou – a que me deu a versão número 453 do equipamento, ela mesma!

Disoíonos: A que está de olho no teu apartamento e em tua dentadura de ouro, esses dentes de trás, que ajudam na mastigação e valem uma fortuna... Eles serão daquela preguiçosa quando tu partires deste para o outro mundo? Que absurdo... Eu não deixaria nada para ela! Ela nunca vem te visitar aqui no asilo! Que tipo de sobrinha é essa? Que deixa o seu velho tio jogado num asilo de idosos?

Oneirópolos: É minha única herdeira... Ela me deu o tal aparelho com a condição de que eu a avisasse imediatamente caso me desse um infarto, um derrame cerebral ou um câncer, mas não desses comuns, de pele, mas daqueles fulminantes! Que matam em algumas semanas! A fedelha torce pelo meu descanso eterno... Ela me presenteou quando completei oitenta anos. Eu nem sei mexer nele direito... É o preço de estarmos velhos e no ano 2040! Mas voltemos à mensagem...

Disoíonos: Foi o Dianooúmenos quem mandou a mensagem? Mas então eu posso ainda ter esperança de que ele se recupere? Que bela notícia! Não obstante, tu queres me contar uma coisa... a tal mensagem sobre um concurso de peças teatrais... Seria até bom, pois aqui neste asilo nada acontece... eu espero que seja mesmo uma notícia boa, pois eu já estava me considerando uma velha em estado terminal...

Oneirópolos: Estado terminal coisa nenhuma, minha Sarah Bernhardt! Tu estás em estado inicial! Ainda és a grande Disoíonos! Didi, a nossa rainha do teatro! E esse será apenas o começo do grande retorno! O nosso estado não é terminal, pelo contrário, será triunfal!

Disoíonos: Triunfal? Nós dois, aqui nesta porcaria de asilo? Tu poderias me explicar onde está esse triunfo, que eu não vejo? Eu aqui, mergulhada em meus pensamentos, e tu vens, na certa, com uma ideia mirabolante e que não nos levará a lugar nenhum – ficaremos os dois, tu e eu, contando os nossos dias até a morte, neste asilo invisível aos olhos do mundo. Mas, se o projeto for interpretar *Hamlet*, vestida de príncipe, como Sarah Bernhardt o fez, até que ficaria bem... seria fazer uso da mesma técnica que minha querida Sarah utilizou para atrair a atenção de todos...

Oneirópolos: Eu quis somente usar uma força de expressão...

Disoíonos: Sarah não foi a primeira mulher a interpretar o Príncipe Hamlet na peça de Shakespeare, mas ela sabia que geraria aquele falatório danado na Paris de 1899...

Oneirópolos: Didi, querida... esqueça um pouco a Sarah Bernhardt... o assunto é seríssimo! Na noite passada, eu conversava com Tennessee Williams – em meus delírios... Ele se queixava para mim de seu pai, que era um alcoólatra, vendedor de sapatos e viciado em jogos de aposta.

Disoíonos: Então a notícia do concurso foi um sonho? Com a Sarah Bernhardt e tudo? Desgraçado... E tudo veio dos anéis de Saturno, num sonho que tu tiveste com Tennessee Williams, num sonho?

Oneirópolos: Não, minha deusa, não! A notícia foi hoje! A aparição do Tennessee foi ontem... Eu estava quase dormindo e me veio essa espécie de sonho... Ele, coitadinho, queixava-se para mim, dizendo, entre lágrimas, que foi sempre frágil e doente. Teve difteria na infância, e ficou um ano fora da escola, eu nem sabia, coitadinho do Tennessee, e ele me confessou que foi um menino triste e vivia mergulhado nos livros...

Disoíonos: Mas a notícia do concurso saiu da conversa com ele? (Olhando para a plateia) Eu sabia que a notícia só poderia ser um blefe... Concurso... Nei e eu num asilo... e nos convidam para um concurso... Só poderia ser um sonho, mesmo...

Oneirópolos: Não, querida, tu me interrompeste, tu não deixaste que eu completasse a minha explicação... Houve o sonho e houve, sim, minha conversa com Tennessee...

Disoíonos: Tennessee com os dois "enes", "esses" e "és"?

Oneirópolos: Sim, minha deusa, sim... e o convite veio por outra via, pelo tal, como é mesmo o nome do aparelho novo?

Disoíonos: O Ui-phone...

Oneirópolos: Exatamente... a notícia do concurso veio através de uma mensagem do Dianooúmenos – o teu Didi. Eu imagino que ele tenha ouvido o assunto, de seu leito hiperbárico, e resolveu imediatamente nos informar, fazendo uso dessas novas tecnologias de informação... nanotecnológicas. (Olhando para a plateia) Os dois se chamam de Didi e Didi... uma gracinha! O mesmo apelido! Mas a mensagem criptográfica do Didi – o marido morto ou quase morto dela, Didi – dizia: "Não obstante eu estar ainda em estado vegetante e sob efeito desses gases desagradáveis, venho, por meio desta, informá-los sobre um concurso..." e etc., etc.

Disoíonos: Meio formal o meu marido... não achas? A mensagem era dele, mesmo? Ele costumava ser mais íntimo comigo... mas podem ser os efeitos dos gases... Neizinho, tu chegaste todo eufórico com a notícia do concurso de peças teatrais, não foi isso? E depois começaste com essa idiotice de falar do Tennessee Williams... Por gentileza, explique-me sobre o concurso, mas se eu me interessarei ou não... vai depender muito das condições que a comissão julgadora nos ofereça...

Oneirópolos: Que condições, Didi! Não há nada de condições, meu amor... Nós estamos tecnicamente mortos, qualquer oportunidade de ver a luz, como Platão nos ensinou, para sair da caverna, minha querida, deixar as sombras da ignorância e do desconhecimento, será uma oportunidade maravilhosa para nós dois!

Disoíonos: Deus meu, eu nunca me vi dessa maneira... como se eu fosse um daqueles coitados que viviam na escuridão da ignorância, sem ver a luz, na caverna do Platão! Eu sempre me vi como um dos guardiões da caverna, no grupo daqueles que Platão dizia que saíram da caverna, viram a luz e retornaram para contar aos demais e mostrar-lhes a luz...

Oneirópolos: Mas que profundidade de pensamento filosófico! Quer dizer que tu, Didi, seria um daqueles guardiões da caverna, que não apenas viram a luz, mas retornaram à escuridão e às sombras das labaredas, para contar sobre o que viram aos demais... E depois ainda por cima os libertaram? Que beleza... Puxa, Didi, eu não te imaginava tão significativa...

Disoíonos: (Cochichando para a plateia) Mas é irônico e debochado esse velho decrépito. (Olhando para ele com ironia) O meu querido Nei, o grande Oneirópolos, ator das multidões, no passado... com ares de Petrúquio – o rico cavaleiro de Verona que decidiu domar Catarina, a filha mais velha de Batista Minola, em A *megera domada*, de Shakespeare! Vejam se pode...

Oneirópolos: Eu sei, querida... eu também sempre me considerei um daqueles que saíram, viram a luz da sabedoria e retornaram à caverna, para tirar os outros da escuridão da ignorância. Mas o fato é que nós dois, Neizinho e Didi, os dois, terminamos estacionados aqui neste asilo deprimente...

Disoíonos: Nei, querido, voltemos ao assunto que nos interessa... E o concurso, querido? Falemos sobre o concurso! Eu, então, usaria as mesmas roupas que a Sarah Bernhardt vestiu em seu Hamlet, disfarçada de homem?

Oneirópolos: (Irritado) Não! Tu serás Calibã, o escravo de corpo deformado, perdido numa ilha deserta, em algum lugar distante do mundo, com Próspero, o mágico duque de Milão, em *A tempestade*, de Shakespeare! Tenha a paciência... Meu Deus, eu nunca pensei que a comunicação na velhice fosse tão difícil... Didi, uma coisa foi a notícia do concurso – que é real –, e eu vim te contar pois tenho uma ideia ótima para nós dois...

Disoíonos: Diga, meu querido! Diga! Será que seria de bom alvitre fazermos alguns exercícios? Alguns laboratórios?

Oneirópolos: Laboratórios? Nós nem começamos a escrever a nossa peça...

Disoíonos: No Actors Studio, os atores faziam exercícios preparatórios até com os olhos... Ah! Que experiência o Actors Studio... que associação de atores profissionais, diretores de teatro e roteiristas... Nós, em Manhattan, Elia Kazan me dando dicas preciosas de como atuar... o refinamento da arte de representação... eu amava o "método" do Group Theater, as proposições de Konstantin Stanislavski...

Oneirópolos: Didi, querida, voltemos à realidade, por favor! Laboratório com os olhos... apenas com os olhos... (Ele olha para a plateia) Eu acho que vou me suicidar... Quais exercícios, Didi?

Disoíonos: Há uma técnica em que colocamos uma música e dançamos somente com os olhos, sem mover um músculo sequer de nossas faces... Acompanhe-me, meu querido Oneirópolos!

(Ela põe uma música no rádio e começa a dança somente com os olhos. Ele observa... e logo depois passa a acompanhá-la, no ritmo, somente com os olhos, sem mexer o resto do corpo ou do rosto).

Oneirópolos: (Ele, mostrando paciência com ela) Excelente, Didi! Mas voltando ao tema de nossa peça teatral, tu me interrompeste bem no momento que eu te contava o meu sonho... que o Tennessee Williams havia me confidenciado... Ele descobrira na escrita uma fuga de seu mundo real, no qual ele se sentia profundamente desconfortável. Não seria também o nosso caso?

Disoíonos: E o meu papel de Hamlet, vestida de Príncipe, tu esqueceste de mencionar...

Oneirópolos: Por amor de Deus, querida... não há nada de Sarah Bernhardt, ao menos por enquanto! Concentre-se no que eu estou tentando te explicar! Nós temos de submeter um projeto, uma peça teatral, e que seja capaz de ser selecionada, ganhar o primeiro lugar... É tudo tão difícil com essa mulher...

Disoíonos: Que horror! Tu pareces o Dianooúmenos, o meu ex-marido, quando me dirigia... "Concentra-te, Didi! Concentra-te, Didi!", "Postura, Didi!". Pois eu tenho todos os motivos do mundo para me sentir por baixo... Há anos que não atuo, não produzimos nada no teatro... Nós fomos colocados aqui premeditadamente, neste calabouço, como dois velhos imprestáveis, no auge de nossas carreiras!

Oneirópolos: No auge, Didi? Aos oitenta e sei lá quantos anos? Engane-me, que eu adoro... Tu e eu somos vítimas dessa sociedade que nos oprime, em Currúpnia! Aqui, ninguém mais valoriza as letras, as artes e a cultura...

Disoíonos: O problema é a nossa elite econômica que é burra! E essa porcaria de país! Um trabalhador que ganha "salário mínimo" na Currúpnia levará dezenove anos para receber o mesmo que um de nossos super-riquinhos recebe em um só mês...

Oneirópolos: É injusto, eu sei... (Para a plateia) Disoíonos significa em grego "pessimista". A mãe dela foi quem escolheu. O pai queria Catatlípticos... que é quase a mesma coisa... depressiva, catatônica, algo assim...

Disoíonos: (Para a plateia) E o nome dele, Oneirópolos, significa em grego entusiasta, positivo... Quem escolheu foi a mãezinha desse desgraçado... O pai queria Aisiódoxos... otimista...

Oneirópolos: (Para a plateia, irônico) E o maridinho dela, o grande diretor de teatro, que agora está sendo mantido semivivo naquele tubo hiperbárico, cheio de gases horrendos, chama-se Dianooúmenos – que em grego significa intelectual... vejam a pretensão...

Disoíonos: E que nomezinho fácil de dar para uma criança... gera pouca expectativa no coitadinho, não é mesmo? Imaginem o peso que colocaram nos ombros do infeliz...

Oneirópolos: (Dirigindo-se a ela) Eu tive uma visão com Tennessee Williams, Didi... e tu não entendes a profundidade desse fato... É óbvia a relação de causa e efeito entre a aparição do Tennessee e o concurso! Ele aparece e depois, na manhã seguinte, eu recebo a informação sobre o concurso... Não é óbvia a relação, Didi?

Disoíonos: Na situação em que nós dois nos encontramos, a única possibilidade de sobrevivência digna é acreditar, acreditar em alguma coisa... Sempre foi assim! O ser humano não aceita a própria finitude. É doloroso, é difícil imaginar que, depois de uma vida, tudo termina e pronto. Eu agora entendo os porquês da filosofia: quem eu sou, de onde vim e para onde vou... Eu, por exemplo, não tenho a menor ideia para onde vou...

Oneirópolos: Eu, Didi, eu acho que sei quem eu sou e de onde eu vim. Mas para onde eu vou, isso ficará para que os filósofos respondam! Kant, Hegel, Martin Heidegger – esse não, esse hipócrita aceitou a indicação de Hitler para a posição de reitor de sua universidade... esse eu não desculpo de jeito nenhum.

Disoíonos: Tarado, sem vergonha... E foi se aproveitar daquela mocinha tão inocente...

Oneirópolos: Inocente? A Hannah Arendt?

Disoíonos: Sim, coitadinha...era aluna do Heidegger... e ele, machão, sedutor, poderoso, veio com aquela conversa mole, filosófica... e abusou da coitadinha...

Oneirópolos: Abusou da Hannah Arendt? A Didi enlouqueceu de vez. Nada com Hannah Arendt acontece sem ser consentido... Ela deu porque quis dar. Mas o corporativismo feminino é impressionante...

Disoíonos: A propósito, eu lembrei de uma poesia do José Régio que resume bem essa história de quero ou não quero ir... Poderíamos utilizá-la: "Deus e o diabo é que me guiam, mais ninguém! Todos tiveram pai, todos tiveram mãe! Mas eu, que nunca principio e nem acabo, nasci do amor que há entre Deus e o diabo!" José Régio, meu querido! "Cântico Negro"!

Oneirópolos: (Pedindo aplausos da plateia) Pensaram que a velha estava morta, não? Mas não está...

Disoíonos: Mas, Nei, por acaso ele – o Tennessee – estava te confidenciando algo interessante? Ele te contou as circunstâncias em que escreveu *Um bonde chamado desejo* ou *Gato em telhado quente de zinco*? Pois nós poderíamos buscar nele inspiração... Ou tu achas que és a incorporação do espírito de Tennessee Williams? Neste asilo, é fundamental aprender como se manter estável em situações de conflito.

Oneirópolos: (Para a plateia) Ela é velha, mas tem uma memória incrível! Essa expressão que dá o nome à peça de Williams – tão comum nos Estados Unidos do início do século passado – quer dizer exatamente isso: faz as pessoas se perguntarem quanto tempo um gato aguentaria deitado num telhado de zinco, sob o sol escaldante... ou seja, quanto tempo toleramos a tensão que nos envolve... A Didi é ótima...

Disoíonos: Eu serei Maggie ou Mae, querido? Não eram esses os nomes das personagens femininas do teu gatinho quente no telhado de zinco?

Oneirópolos: Mas que mulherzinha venenosa... agressiva.... Eu odeio velhas rabugentas e ressentidas! Mas astuta como poucas! A Didi é o melhor exemplo disso neste asilo... que atriz foi essa bruxa no passado!

Disoíonos: Eu escutei... depois... Chique tu citares Platão, querido, mas há gente mais perto, no teatro... "Tato Pavlovsky", pioneiro do psicodrama na

América Latina... O de *Asuntos pendientes*, que, por sinal, eu assisti em Buenos Aires, anos atrás...

Oneirópolis: Eu jamais ironizo o trabalho de ninguém! Mesmo nesse exílio forçado, eu jamais faço uso desses artifícios... Eu também estive várias vezes em Buenos Aires... afinal, é tão perto da Currúpnia... E assisti *El señor Galíndez* e *La muerte de Marguerite Duras*, que a senhora não assistiu...

Disoíonos: Assisti!

Oneirópolis: Não assistiu!

Disoíonos: Assisti!

Oneirópolis: Não assistiu! Tudo bem, assistiu... assistiu, sim, minha querida, assistiu... O coitado do Pavlovsky foi perseguido durante a ditadura argentina, exilou-se na Espanha, onde prosseguiu sua carreira teatral... fez cinema...

Disoíonos: Fez *El exilio de Gardel*, de Pino Solanas, lembras?

Oneirópolis: Bem, voltemos aos nossos assuntos! Em primeiro lugar, eu tenho o direito de sonhar, ou não tenho? Eu adoro o Tennessee Williams! E que pecado há em eu ter esse sentimento? Suas obras eram incríveis! E eu acho que, depois de Shakespeare, Williams foi o dramaturgo mais adaptado para o cinema... Eu estava pensando sobre a nossa peça teatral...

Disoíonos: (Irônica) Tudo bem, continue o seu raciocínio, Senhor Zbigniew Ziembinski... quero dizer, Senhor Oneirópolos...

Oneirópolos: Mulherzinha debochada essa. Ziembinski foi um ator e diretor de teatro, cinema e televisão, nascido na Polônia e que veio fugido para o Brasil, e para sorte nossa!

Disoíonos: E o teu amigo Tennessee disse que nos ajudaria? Nos teus devaneios...

Oneirópolos: Não disse nada, Didi! Entretanto, eu acho que essa aparição tem lá seu significado! O rei Hamlet morto não apareceu no começo da peça do Shakespeare e contou tudo sobre o seu assassinato? Que o culpado era o desgraçado de seu irmão?

Disoíonos: Contou. Primeiro para os dois soldados, Francisco e Marcelo. E depois para Horácio e, por fim, para o príncipe Hamlet. E o velho rei Hamlet pediu que o príncipe vingasse sua morte...

(Olha para plateia com ar de vitória e bota a língua para ele)

Oneirópolos: Pois então... essas aparições acontecem no teatro... Quem sabe o Tennessee não invadiu os meus sonhos como uma forma de nos lembrar que temos talento suficiente para voltar...

Disoíonos: Voltar a quê? Por amor de Deus, meu querido, tu e eu fomos parte de um passado, que já passou! Tu achas que alguém vai dar bola para teatro em 2040? Em meio a essa revolução tecnológica? Em que ninguém dá a menor importância para a boa literatura? Ninguém mais lê os clássicos, Nei!

Oneirópolos: Por que não? Se o Tennessee me disse que era um menino triste e resolveu escrever... Deve haver por aí muitas almas sedentas de uma boa literatura... É só acordá-las... E tu não precisas fazer caras irônicas sobre os meus pensamentos, bruxa número um de Macbeth...

Disoíonos: "Três vezes para ti, três vezes para mim, e três vezes mais, nove vezes ao todo. Paz, enfim: o encanto se conclui assim!"

Oneirópolos: (Para a plateia) Puxa! Ela sabe de memória os versinhos das três bruxas de Macbeth! A velha está afiadíssima... (Dirigindo-se a ela)

Disoíonos: Eu ainda sou dona de meus pensamentos, Neizinho – pelo menos dos meus pensamentos, tu não achas? Quanto a este aspecto específico, sobre a liberdade dos teus pensamentos, eu acho que tu ainda tens razão... se bem que do jeito que andam as coisas, com essas inovações, logo nos tiram até o pensamento...

Oneirópolos: Didi, querida, eu não quero morrer, simplesmente... Eu gostaria de reagir... Eu quero falar contigo sobre esperança! Eu acredito que essa peça teatral possa ser a nossa porta de saída deste inferno, dos nove círculos do Inferno de Dante! E se não for, ao menos será uma tentativa!

Disoíonos: E se nós fizéssemos uma peça teatral que denunciasse a corrupção em Currúpnia? Isso seria muita obviedade? Nós poderíamos usar como tema a premeditação dos políticos, o fato de que eles fazem as suas campanhas políticas com um custo que, na ponta do lápis, é sempre mais caro do que o total do salário que receberão ao longo de todos os seus mandatos. Ou seja, só imaginando falcatruas é que o investimento faz sentido. Mas isso também é muito batido... A população inteira sabe como eles funcionam por aqui...

Oneirópolos: Eu preferiria, minha deusa, que nós nos concentrássemos em algum tema mais poético, que nós criássemos uma peça teatral, com um conflito íntimo de alguém, algo de caráter existencial...

Disoíonos: Lembrei-me, Nei, do príncipe Michkin, de O *idiota*, do Dostoiévski, quando diz que a beleza salvará o mundo! Lembras da história do Simurgh?

Oneirópolos: Simurgh, claro que sim, uma linda história.

(Ele volta-se para a plateia)

Simurgh é o emblema real de um império, que ninguém conhece:
(Para um espectador) Por acaso tu já ouviste falar da Sassânida?
Disoíonos: A dinastia persa – vinda do Irã – que homenageia Sassân,
Um deus desconhecido.

Oneirópolos: Tu pensaste que era algum "espírito que vinha do paleolítico"?
Simurgh – para tua informação – é o nome de um pássaro!
Poderia ser a fênix de alguma longínqua civilização!
É uma bela ave que no Irã aparece na literatura e na arte, uma linda criatura! Boa de coração e de ar mítico!
Disoíonos: Em imagens que eu vi,
Ele vinha da Geórgia, Armênia e Azerbaijão!
Seria uma ave de rapina, mas com ares de uma figura divina.
Seria um falcão, uma águia ou um gavião,
Os armênios usam um termo parecido com "simurgh" para chamar o pavão.
Oneirópolos: Eu adoro a possibilidade de que o nome venha de "si" e de "murg"!
"Si" significa "trinta" e "murg" é "pássaros" no idioma persa!
"Simurgh" seria então "Trinta pássaros"!
Foi essa a inspiração do poeta Attar de Nishapur!
Disoíonos: Ele compôs uma bela poesia: "A Conferência dos Pássaros"!

Para "Simurgh"! O pássaro que na arte do Irã é gigante!
Capaz de carregar uma baleia e um elefante!
Tem cabeça de cão
E, às vezes, um rosto humano e enormes garras de leão!
Oneirópolos: Mas "Simurgh" é, ao mesmo tempo, doce e feminino.
Amamenta calmamente os seus filhotes.
Mas quando é preciso, ele até briga com cobras!
Disoíonos: E adora brincar na água!
Tem plumas cor do cobre!
Seria, portanto, trinta pássaros o sentido da palavra "simurgh"!
Nas lendas, Simurgh – o pássaro sagrado – é tão velho e nobre!
Oneirópolos: Ele já testemunhou três vezes o fim do mundo!
Viveu tanto tempo, que sabe quase tudo!
Até como lidar com os iracundos!
Disoíonos: Conhece bem o outro lado das verdades!
E tem a sabedoria de todas as idades.
Dizem que o pensamento de "Simurgh" é profundo,

Ele tem mil e setecentos anos de idade!

Oneirópolos: Já mergulhou até nas chamas do Inferno!

Mas possui sentimentos eternos!

Purificou os oceanos, lavou a sujeira dos rios e das terras

E trouxe de volta a paz e a fertilidade ao mundo.

Disoíonos: Em "A Conferência dos Pássaros", a poesia de Attar,

Os pássaros peregrinam em busca de Simurgh, a ave sagrada.

Eles procuram por um rei, pois não possuem nenhum.

Oneirópolos: O pássaro mais sábio dentre os pássaros sugeriu

Que eles fossem em busca de Simurgh,

Pois Simurg é o pássaro mítico dos persas!

Ele lhes daria um sentido, uma razão para viver!

Disoíonos: E os pássaros voaram então pelos céus!

Aos milhares! Todos os pássaros, que no planeta Terra puderam se reunir! Cada um representando uma falha humana!

Cada um de nossos deslizes listados nos Dez Mandamentos!

Oneirópolos: Os pecados que nos impedem de encontrar a luz.
Disoíonos: Depois de voar e voar e voar,
Por milhares e milhares de quilômetros pelo ar,
Oneirópolos: Restaram somente trinta deles vivos no céu...
Pousaram, então, na morada de Simurgh.
Disoíonos: E o que os trinta pássaros puderam enxergar?
Quanta ironia foi isto reconhecer!
Como um espelho, havia apenas o reflexo de cada um – do seu próprio olhar!
Oneirópolos: Eles se encheram de alegria, plenos de emoções!
Pois as respostas que os trinta pássaros buscavam
Estava tão perto!
Dentro de seus próprios corações!

(Ele está visivelmente emocionado e se dirige à plateia)

Como é lindo esse poema, fala que as nossas respostas podem estar tão perto! Muitas vezes dentro de nós mesmos... Mas basta de devaneios, voltemos às personagens dessa peça teatral, Didi!

Disoíonos: E se nós nos baseássemos naquela frase de *Júlio César*, de Shakespeare, quando ele se queixa que Cássio é um homem perigoso, pois "lê muito, pensa demais e vê com muita clareza as verdadeiras intenções por trás das ações dos homens"?

Oneirópolos: Não sei. Se descobrirem que utilizamos uma peça já pronta há mais de quatro séculos e encenada tantas vezes, poderá ser um tanto constrangedor.

Disoíonos: Meu tesouro, tu já viste alguma vez alguém na Currúpnia se preocupar com fraudes ou direitos autorais? Lembra de Artaud dizendo: "Porque não é o homem, mas o mundo que se tornou anormal". Nei, ninguém lê nada nos dias de hoje...

Oneirópolos: Didi, tu sempre foste uma grande atriz de teatro, uma mulher reconhecida muito além dos limites geográficos da Currúpnia! Nós temos de refletir, revisar bons textos, e a inspiração virá. Faremos algo original! Uma peça nunca pensada por nenhum ser humano!

Disoíonos: Esse homem não muda... ele não cresce... passou a vida inteira a fazer o melhor teatro possível, dedicando-se ao que havia de mais profundo em nossa cultura. E acabou aqui, neste asilo deprimente... um ator como Oneirópolos... pobre Nei, meu companheiro de tantas montagens de sucesso! Sempre a sonhar...

Oneirópolos: Como no Palácio de Teseu, duque de Atenas, em *Sonhos de uma noite de verão*, de Shakespeare...

Disoíonos: (Pensando alto, distraída) Eu sempre achei curioso que o mestre de cerimônias de Teseu, na peça de Shakespeare, chamava-se Filostrato... o mesmo nome de um dos rapazes do Decameron, de Boccaccio... De modo que o conceito moralista de que não devemos copiar nada de ninguém na arte é no mínimo questionável... O bardo copiou... nomes, histórias... é tudo uma questão de recontar a mesma história, mas com imaginação, matizes diferentes...

Oneirópolos: Eu entendo o seu argumento, meu bem! Mas há tanta ideia nova a ser desenvolvida! Quem sabe nós começamos nosso exercício "stanislaviskiano" com poesia! Eu poderia ser um poeta português... pensando nos adeuses, nos amores, nas partidas dos navegadores... um Camões ou um Pessoa da Currúpnia! (Ele se posiciona, elegantemente, para recitar um poema, com sotaque português)

Oh! Galeão da poesia lusitana,
Tu cortas os mares na neblina e a alma perdoa!
E quem seria o teu maior navegador, Camões ou Pessoa?
Com Camões, a nau portuguesa foi cigana,
Singrando as águas bem além da Taprobana.
Cruzou o Sri Lanka, ilha bela e pequenina,
Que, no dizer dos poetas, tem o formato da dor.
Mas os versos de Pessoa
Acariciaram a costa marroquina,
Vencendo o mar salgado e o Bojador.
Não foi, portanto, Pessoa nem Camões
Que fizeram – sozinhos – a poesia das navegações.
Foram marinheiros solitários e seus amores,
Cantados nas bocas dos sofredores!
Mas o lirismo dos oceanos,
O quebrar das ondas,
Dos poetas e sonhadores,
Isso, sim, foi obra dos dois!

Disoíonos: Lindo, meu querido! E o teu sotaque português! Que perfeição! Tu incorporaste o espírito dos navegadores portugueses.... eu cheguei a ter a sensação de que estávamos em alto-mar.

Escuta essa de Pessoa: (ela se posiciona em pé, como se olhasse para o mar)

Ó, mar salgado!
Quanto do teu sal são as lágrimas de Portugal!

Oneirópolos: Lindo, sim, Didi. A poesia de Pessoa me toca, sempre me toca profundamente...

Disoíonos: Profundamente. Mas que palavra mais linda, Neizinho! Lembras do maravilhoso poema de Bandeira? (Totalmente embriagada pela poesia)

"Quando ontem adormeci,
Na noite de São João
Havia alegria e rumor
Estrondos de bombas luzes de Bengala
Vozes, cantigas e risos

Ao pé das fogueiras acesas.
No meio da noite despertei
Não ouvi mais vozes nem risos
Apenas balões
Passavam, errantes
Silenciosamente
Apenas de vez em quando
O ruído de um bonde
Cortava o silêncio
Como um túnel.
Onde estavam os que há pouco
Dançavam
Cantavam
E riam
Ao pé das fogueiras acesas?
– Estavam todos dormindo
Estavam todos deitados
Dormindo
Profundamente.

Quando eu tinha seis anos
Não pude ver o fim da festa de São João
Porque adormeci
Hoje não ouço mais as vozes daquele tempo
Minha avó

título do livro em itálico

> Meu avô
> Totônio Rodrigues
> Tomásia
> Rosa
> Onde estão todos eles?
> — Estão todos dormindo
> Estão todos deitados
> Dormindo
> Profundamente."
> ((*Libertinagem*. São Paulo: Global, 2013).

Oneirópolos: Bravo! Bravíssimo! Que maravilha de interpretação! A tua interpretação foi impecável! Que doçura... que melancolia... quanta saudade havia nessas palavras...

Disoíonos: Eu pude sentir, eu juro, Nei, um saudosismo de infância, um lirismo, uma melancolia, senti o puro ideal modernista! E que versos! Livres, como gostam os modernistas!

Oneirópolos: Bandeira brinca com o passado e o presente! As noites de São João, não ver o final da festa, porque tinha adormecido... Que coisa mais linda, não?

Disoíonos: Eu adoro o "profundamente", do dormir, depois o do morrer... de não ouvir mais as vozes daqueles que não estavam mais lá, pois haviam morrido... (Muda a expressão para um ar apreensivo) Eu tenho medo de voltar a mergulhar em textos teatrais, poesias, meu querido! E depois sofrer! E nós dois estamos velhos! Nós somos dois velhos abandonados. Seria melhor se tu nem tivesse me contado sobre esse tal concurso!

Oneirópolos: Não, senhora! Nós participaremos e venceremos esse concurso! Eu te prometo!

Disoíonos: Tu falaste em escrever a peça a quatro mãos, nós dois? Quatro mãos? E eu como fico? Com a artrite que eu desenvolvi no braço esquerdo, acho que serão três mãos apenas... A minha mão esquerda quase não funciona mais...

Oneirópolos: Ah, que bom! O teu senso de humor voltou! É um ótimo sinal! Será um sucesso, minha querida! Tu verás! Mas antes eu quero te dizer, Didi, que eu amo te ver a folhear um livro, um livro feito de papel e com as letras gravadas com tinta! Sim, tinta! Quando eu entrei e te surpreendi com um livro nas mãos, eu reconquistei minha fé na humanidade! Lembra de como imprimiam os livros em nosso tempo!

Disoíonos: Pois é... livro, como era em nosso tempo, é hoje um objeto exótico!

Oneirópolos: Há quanto tempo eu não via um livro, como esse que tu tinhas em tuas mãos! Daqueles que podíamos pegar com as nossas próprias mãos e folheá-los, fazer alguma anotação, colocar entre duas páginas uma pétala de flor!

Disoíonos: Os livros só perdiam – em termos de mexer com o meu coração – para os originais dos livros... Eu adorava quando alguém me presenteava com uma primeira edição! Tu sabes que o Euclides da Cunha encontrou mais de noventa erros, dele próprio, na primeira edição de *Os sertões*?

Oneirópolos: Mais de noventa? Eu me recordo que tu ias até aqueles sebos, cheios de livros antigos! Eu ia! E como era bom! De *Casa-grande e senzala*, do Gilberto Freire, eu tinha em casa umas três edições, daquelas mais antigas! E *Grande sertão: veredas*, do Guimarães Rosa! Meu Deus, eu tinha umas cinco!

Disoíonos: O Rosa tinha – entre os seus livros de cabeceira – os contos do João Simões Lopes Neto, tu sabias?

Oneirópolos: É mesmo? Então o grande Guimarães Rosa inspirou-se naquele jeito de criar palavras do Simões?

Disoíonos: É sempre assim, Neizinho... a criação é feita sobre uma matriz anterior de criação. Nós poderíamos perfeitamente utilizar alguma obra que ninguém tenha lido ainda... dar uma leve editada e... Como o título da obra do Gore Vidal *Palimpsesto*! Era o nome que se dava na Idade Média aos pergaminhos que eram raspados e reutilizados com novos textos... Compreendeste a metáfora, Nei? Reutilizados...

Oneirópolos: Tenha a paciência, Didi! Nós não precisamos copiar nada de ninguém...

Disoíonos: Mas que facilitaria o nosso trabalho eu tenho certeza de que facilitaria... Eu ganhei do meu moribundo esposo umas edições antigas das peças de Molière, em francês... Darei uma olhadinha nos grandes clássicos... Ganhar livros era tão bom, não era, Nei?

Oneirópolos: Era sim, Didi. Naqueles tempos, eu adorava ler os originais de alguma obra e assim poder observar as correções feitas pelo autor, antes da versão final.

Disoíonos: Ver as correções do autor era como se houvesse certa cumplicidade entre o autor e o leitor... Eu lembro daquele livro que o Pedro Corrêa do Lago publicou, com documentos originais, assinados pelo próprio autor, lembras? Alguém fez uma cópia das primeiras páginas de "A biblioteca de Babel", os originais, escritos por Borges de próprio punho... e me deu de presente...

Oneirópolos: Com os computadores e editores de texto, com essas sofisticações tecnológicas, hoje em dia, sempre ficamos com a última versão! E ninguém fica com o registro de como foi o processo criativo, a criação propriamente dita do texto... Eu adorava quando o autor riscava o texto, trocava uma expressão, acrescentava uma nova palavra...

Disoíonos: Ver as correções do autor era algo fascinante, imaginar que por trás delas havia um ser humano, com suas vacilações...

Oneirópolos: Imagina o Machado de Assis, imagina ele escrevendo o final de *Dom Casmurro*... Ele poderia perfeitamente ter deixado claro ao final que o Bentinho era corno. Sabe lá se ele não pensou nesse final. Mas não, ele preferiu nos deixar na dúvida... Para mim, o Bentinho era corno! A Capitolina traiu o pobrezinho, com o Escobar... Eu não tenho a menor dúvida...

Disoíonos: E o Ezequiel, cá para nós, era a cara do Escobar... a Capitu pulou a cerca... para mim, ela pulou a cerca... Lembras esta expressão?

Oneirópolos: Em nossa obra magistral, nós teremos de seguir os mesmos princípios! Nada de Hamlet se vingar do tio no primeiro ato, ou General e Lady Macbeth mostrarem os seus dentes afiados, sedentos por poder, na primeira conversa com as três bruxas, já no início... nós faremos nossa peça teatral doce, no começo, criaremos tensão, tensão! E depois, um *"grand finale"*!

Disoíonos: (Corrigindo-o) Macbeth não era Lorde, era *"Thane of Cawdor"*, termo que os escoceses usavam para um chefe de clã, que recebe terras do rei!

Oneirópolos: (Contrariado) Desgraçada! Sempre me corrigindo... sempre! É ela quem sabe tudo sempre!

Disoíonos: E Otelo, o mouro de Veneza, nem prestará atenção em Desdêmona, não esboçará ao início nenhum sinal de ciúme da esposa! E suas inseguranças, que nada! Iago, será no começo da peça de uma doçura e fidelidade aos amigos, eu diria, incontestável... Só no finalzinho... bem no finalzinho, as personagens se revelarão!

(FIM DO ATO 1)

Ato 2

(Os dois conversam sentados num sofá...)

Disoíonos: Nei, encontrei a solução: imagina *O quinze*, de Rachel de Queiroz... Ao invés de falar sobre a seca de 1915, no Nordeste do Brasil, nossa peça poderia falar, sei lá, de uma grande enchente, no Sul da Currúpnia, nos anos 1940... Ou ao invés de *Os irmãos Karamazov*, de Dostoiévski, poderia ser o mesmo enredo, mas com outro nome: *Os primos Basílios*, João Basílio, Antonio Basílio e Luiz Basílio, e o rapaz bastardo e deficiente, o Smerdyakov, poderia ser outro rapaz russo, perdido em Portugal, de nome Bostiacov, assim, ao mesmo tempo, faríamos uma homenagem ao Eça de Queiroz...

Oneirópolos: Smerdyakov seria Bostiacov...

Disoíonos: Exatamente... faríamos mudanças sutis... quase imperceptíveis e ganharíamos o concurso...

Oneirópolos: Ah! *O primo Basílio*! Que obra magistral do Eça! Jorge sempre tentando agradar a esposa Luísa! Os burgueses típicos da Portugal do século dezenove! Lembras que ela adorava ler romances! E depois o caso amoroso com o primo Basílio! A chantagem da empregada Juliana... a correspondência entre os dois amantes apaixonados...! O lugarzinho dos encontros – chamava-se "Paraíso", lembras, Didi? E o final triste... a revelação das cartas pelo marido... a morte de Luísa... (Ele se recompõe) Chega de pensar em plagiar obras antigas, Didi, por favor...

Disoíonos: Tudo bem, tudo bem... eram só pensamentos jogados ao vento...

Oneirópolos: Eu talvez prefira Pirandello... Minha mãe era de origem italiana, por parte de mãe... O Tio Luigi foi um grande renovador do teatro e eu adoro o seu profundo senso de humor e originalidade...

Disoíonos: Tio Luigi? O Pirandello era teu parente?

Oneirópolos: Força de expressão! Não houve essa enorme imigração italiana para a Currúpnia, para o Sul e para as nossas plantações de café? A família do Pirandello poderia, sei lá, ter um parente que veio para cá. Mas esqueça! Se isso te deixa mais feliz, eu não sou parente do Pirandello!

Disoíonos: Perdão... tu podes ser, perfeitamente, descendente dele, vocês são até meio parecidos... O formato do crânio, a mandíbula... O nariz tem formato idêntico... E a careca nem se fala... Tu e ele são iguais...

Oneirópolos: A agressividade dessa velha é impressionante. Mas deixa para lá... Concentração! Concentração! Sabe *Seis personagens à procura de um autor*, do meu querido parente Pirandello? Nós faremos "*Duas personagens idosas perdidas num asilo à procura de um autor*"...

Disoíonos: Eu acho que ele enlouqueceu...

Oneirópolos: Sabes que ele, tio Pirandello, ele recebeu o Nobel de Literatura em 1934 e doou a medalha de ouro, para o Mussolini derreter e transformar em dinheiro...

Disoíonos: Eu sempre desconfiei daquele olhar do Pirandello... Eu desconhecia essa faceta imbecil do teu parente. Mas eu confesso que sempre adorei a ideia de que o cômico nasce de uma percepção do contrário.

Oneirópolos: (Ele muda de expressão e de assunto, com ar saudosista) Um amigo, anos atrás, fez um xerox – a plateia nem sonha o que seja isso.

Disoíonos: Era um aparelho enorme, um trambolhão, que emitia uma luz e saía uma cópia da folha do outro lado – acho que a plateia nem sabe o que é isso...

Oneirópolos: Um amigo copiou o original da primeira página de "A biblioteca de Babel", de Jorge Luis Borges, e me deu de presente. Era uma página daqueles cadernos antigos de contabilidade – e Borges nele escrevia os seus originais. Ele, Jorge Luis Borges, escrevia, com sua letra bem moldada e seguindo as linhas horizontais quase invisíveis, os seus originais ... e eu tive acesso a uma cópia!

Disoíonos: Dos originais do Borges? Que beleza...

Oneirópolos: Sim! E, em certas linhas, Borges riscava uma palavra e colocava ao lado alternativas... um sinônimo, outra palavra que pudesse expressar melhor o que ele desejava dizer...

Disoíonos: Nós poderíamos usar o mesmo processo criativo... Seria o maior charme...

Oneirópolos: Nós poderíamos até simular algumas vacilações, para que, cem anos depois, alguém mergulhasse em nossas dúvidas existenciais...

Disoíonos: Dúvidas existenciais? Não há nada neste lugar que seja existencial – em nosso caso, já deram cabo de nossa existência...

Oneirópolos: Didi, minha Sarah Bernhardt, por amor de Deus, eu trago uma possibilidade de redenção, de sucesso internacional, de ganharmos novamente a luz dos palcos dos melhores teatros do planeta e tu vens com esse pessimismo! Vamos voltar ao assunto dos manuscritos, que me parece mais saudável...

Disoíonos: *A magia do manuscrito*! Era esse o título do livro! De Pedro Corrêa do Lago... Uma coletânea imensa de mensagens, documentos, cartões, páginas de livros, assinadas por seus autores! Não era esse o título?

Oneirópolos: Nossa peça poderia falar de saudade! Quantas vezes eu tive vontade de dizer algo amoroso para alguém... e nunca disse exatamente o que eu queria dizer..

Disoíonos: Eu adoraria voltar no tempo, falar o que eu sinto, mas de outro jeito... falar de minha admiração por certas pessoas. Mas a gente nunca diz tudo que deseja dizer para os amigos, não é mesmo? Mas guardamos fechados dentro do peito sentimentos que poderíamos compartilhar com os outros. Seria tão mais fácil a vida...

Oneirópolos: Nós sempre economizamos nossas manifestações de afeto, como se fôssemos eternos... como se tivéssemos o tempo do mundo, damos sempre um jeito de adiar, adiar, adiar o amor... Aí as pessoas morrem e ficamos culpados e com saudades!

Disoíonos: A *magia do manuscrito*! Tinha textos assinados de próprio punho por Proust, Dostoiévski, Flaubert... Sabe? Tinha um papel assinado pelo Flaubert... daquele conto lindo... Ah, eu me recordo! O que falava da empregada da casa, tão dedicada à família de seus patrões, mas que jamais tivera uma vida sua, somente dela. Um dia, alguém não quer mais um papagaio, e ela passa a cuidá-lo... ele se chamava Lulu, e ela Liberté...

Oneirópolos: Eu sei... É uma história de amor tão bela, entre a velha tão simples e pura, a Liberté, e seu papagaio Lulu... Quando ela está quase para morrer, ela faz um derradeiro pedido, Lulu havia morrido e ela o mantinha empalhado em seu quarto – era o seu único amigo. Pediu que incluíssem o Lulu, empalhado, no cortejo da procissão...

Disoíonos: E ela fica feliz em ver o papagaio morto sendo levado, em meio aos santos e Jesus Cristo, no altarzinho... que conto lindo é esse de Flaubert... "Uma alma simples". Nunca li nada mais lindo...

Oneirópolos: Fiquei emocionado com Lulu e Liberté... Eu acho que a humanidade sofre de uma doença chamada imortalidade...

Disoíonos: Imortalidade?

Oneirópolos: É isso mesmo! Nós pensamos que viveremos para sempre – que somos imortais – e, desse modo, temos todo o tempo do mundo – entendeste? Aquele meu amigo, o médico, uma vez me contou que um paciente, com uma doença terminal, disse a ele que sua vida era como uma fita métrica. E ele se perguntava, com a doença, em que parte da fita ele se encontrava...

Disoíonos: Eu acho que sofri dessa doença... a sensação de imortalidade... Adiei tantos prazeres desnecessariamente, como se eu tivesse todo o tempo do mundo... e a felicidade pudesse ser jogada para depois...

Oneirópolos: Eu também deixei de valorizar as coisas lindas do presente, como se tivesse todo o tempo do mundo, Didi...

Disoíonos: Quantas brigas em nome da vaidade. Mas voltemos ao nosso assunto! Nós podemos nos inspirar no universo de alguns atores, a incomunicabilidade de Beckett, a crítica do mundo de Brecht. Brecht é sempre atual. Eu amo "O círculo de giz caucasiano" de Brecht!

Oneirópolos: (Olha para a plateia, como que se lembrando de Brecht. Vai até a ponta do palco e recita "A cruz de giz").

> "Eu sou uma criada...
> Eu tive um romance com um desses nazistas.
> Um dia, antes de ir, ele me mostrou, sorrindo, como eles fazem

Para pegar os insatisfeitos.
Com um giz tirado do bolso do casaco,
Ele fez uma pequena cruz na palma da mão.
Ele contou que assim, e vestido à paisana,
Ele anda pelas repartições de trabalho, onde os desempregados fazem fila e xingam.
E ele xinga também, junto com eles, e fazendo isso,
Em sinal de aprovação e solidariedade,
Ele dá um certo tapinha, amigável, nas costas do homem que xinga.
E este, marcado com a cruz branca deixada pelo giz,
É apanhado pelos seus chefes. E nós dois rimos com isso.
Andei com ele um ano, então descobri que ele havia ficado com meu dinheiro.
Havia dito que o guardaria para

mim, pois os tempos eram incertos.
Quando lhe tomei satisfações, ele jurou que suas intenções eram honestas.
Dizendo isso, ele pôs a mão em meu ombro para me acalmar.
Eu corri, aterrorizada.
Em casa, eu olhei minhas costas no espelho,
Para ver se não havia uma cruz branca."
(*Poemas 1913-1956*. São Paulo: Editora 34, 2012. Tradução de Paulo César de Souza)

DISOÍONOS: Vamos pôr uma peça de teatro dentro de outra, Nei! Como gostavam Shakespeare e Brecht! Vamos fazer prevalecer sempre o amor! Como o fez rei Salomão ao decidir quem era a verdadeira mãe do bebê! Como fez Brecht, com seu maltrapilho juiz Azdak, ao deixar a guarda da criança não com a mãe natural e fria, mas com a amorosa e quente serva Grusha, em "Círculo de giz caucasiano"! Como lembrou-nos Bandeira, "as coisas devem caber àqueles que são bons para tê-las"!

(FIM DO ATO 2)

ATO 3

(No jardim do asilo, ele entra meio raivoso e os dois conversam, animados)

Oneirópolos: Basta que seja um prédio histórico ou com algum significado para a memória cultural do lugar e o governo da Currúpnia vai lá e derruba! Bum! Eu acho que esse pessoal do governo adora derrubar prédios históricos!

Disoíonos: E fazem de propósito, para que ninguém tenha vínculo com nada.

Oneirópolos: É para que nós tenhamos a sensação de ter vindo do nada, para que pensemos que nós nascemos por geração espontânea, sem passado, no mesmo dia!

Disoíonos: Sabe, Nei, eu estava revirando as minhas coisas... sabes daquela famosa mala que o pessoal da administração do asilo me permitiu trazer para cá – desde que pesasse menos do que 635 gramas de peso total – quando me forçaram a vir para este asilo imundo?

Oneirópolos: Eu lembro que tu me contaste... Eu trouxe seis cuecas, duas camisas, um dicionário e um livro de poesias do Manoel de Barros...

Disoíonos: Veja se pode... Isto se chama acabar com a civilização ocidental...

Oneirópolos: Lembro do meu amigo médico, o que escreveu esta peça teatral... Eu posso dizer que isso tudo que estamos fazendo agora é parte de uma peça teatral, posso? Um dia ele estava indignado com o governo... com aquele psicopata que tínhamos como presidente... recitou seu poema e acabaram com ele...

Disoíonos: Como as pessoas são irracionais quando o assunto é política... O coitado foi dizer o que pensava... e deu no que deu... Ele leu o seu texto num evento público, não foi? O texto era contundente...

Oneirópolos: (Recita)

Eu queria dizer que essa tua maneira de ser me constrange,

Tu assistes indiferente e imutável a todas as mortes, absurdos e injustiças,
Esse repetir e repetir de mentiras escabrosas
E nada! Tu não fazes nada para mudar. Fazes vistas grossas para com a verdade!
Nem ao menos contestar as mentiras
Que num piscar de olhos tu poderias contestar, nem isso tu fazes.
O que te importa, ao fim e ao cabo,
É a tua vidinha boa e a segurança dos teus negócios.
E o que mostram os teus polpudos balancetes!
Um idiota seria capaz de perceber quando somos vítimas de um louco,
Mas se os teus interesses pessoais são atendidos,
As atrocidades e desmandos pouco te importam!
Deixemos o barco correr! Não é assim?
Mas eu sinto que há uma coisa preciosa,
E que vem sendo cozinhada em banho-maria no ar,
E que um dia fará a ti e aos teus explodirem,
Saírem para sempre das nossas vidas.
E essa coisa tem nome: ela se chama liberdade.

Já não demora mais séculos para se saber a verdade!
Há leis que garantem voz aos negros,
Às mulheres e aos menos favorecidos!
Haverá alguém, ah, sim!
Haverá algum herói brasileiro!
Num canto deste país,
Que conduzirá esse teu pensamento ao atoleiro!
Haverá sempre um estudante, um político sério,
Um cidadão com um mínimo de bom senso e critério,
Que jogará na cara dos teus
A farsa que insistes em nos impor.
Pois eu sonho com o dia –
Ah, e esse dia virá! –
Em que todos os brasileiros,
Até os que hoje apoiam
Ou não veem essa vergonha,
Eles perceberão a loucura em que nos fizeram mergulhar.
E então te cobraremos a conta!
Serás desmascarado, como tantos que já nos fizeram mal.
Ficarão todos à mostra, os algozes do povo,
Os que exploraram nossas riquezas no passado.

Tu serás um a mais dentre aqueles que ao país nada deixaram.
Apenas perplexidade.
E uma constrangedora tristeza como legado.

Disoíonos: Ele foi dizer o que pensava e aqueles monstros deram um jeito de desaparecer com ele! E de um jeitinho conhecido... através de terceiros... Parecendo algo casual, pura coincidência...

Oneirópolos: Os desgraçados conseguiram gente para acabar com ele. Mas vamos falar de futuro, Didi, e não de passado! Prometes? E o nosso concurso?

Disoíonos: (Muda a expressão e fica contente) Ah, Nei! Eu não vejo a hora de retornar aos palcos contigo ao meu lado! Eu até estive pensando... e tomei a liberdade de escrever algumas linhas, para a nossa superprodução... Nossa peça poderia ter uma parte em que tu, tua personagem teria o nome "Chilik"! Não é Shylock, meu bem... E tu serias um agiota e cobrarias de teu devedor, Luiz Antônio, "dois quilos de carne humana"!

Oneirópolos: Dois quilos de carne humana? Luiz Antônio? Isto não te parece óbvio, criatura? Por amor de Deus... Qualquer indivíduo minimamente alfabetizado reconheceria tratar-se de um plágio, e dos mais descarados, do clássico de Shakespeare, querida!

Disoíonos: Tu achas melhor menos carne? Um quilo?

Oneirópolos: O Shylock de *O mercador de Veneza*, de Shakespeare, e todo o planeta Terra sabe, ele quis cobrar menos no julgamento de Antônio... Tenha paciência, minha querida, temos de ser originais em nossa peça... minimamente originais...

Disoíonos: Pode ser... a ideia me veio assim, espontaneamente... Nem me ocorreu que Shakespeare tenha pensado o mesmo. Mas isso pode ocorrer no mundo das artes... "A *pound of flesh*...", dois quilos de carne...

Oneirópolos: Até pode... O Pablo Picasso fez uma releitura cubista das pinturas de Velázquez, não fez? Tchecov fez o famoso monólogo *Os malefícios do tabaco*? Mas tudo tem limite...

Disoíonos: Não vá tu dizeres que os discursos da luta contra o tabaco da Organização Mundial da Saúde são plágios de Anton Tchecov!

Oneirópolos: Via de regra, minha querida, a arte é feita de novas deposições culturais, sobre um terreno da cultura já povoado pelas sabedorias e conhecimentos de todos os que vieram antes... É assim que caminha a humanidade...

Disoíonos: Eu apenas quis fazer uso de alguns precedentes no teatro e na literatura...

Oneirópolos: Precedentes? Querida, Picasso fez a releitura... A Organização Mundial da Saúde jamais aplicou os textos de Tchecov sobre o tabaco... Tu, querida, apenas aumentaste um pouco o pagamento em carne humana que o Shakespeare sugeriu que Shylock cobrasse do pobre Antônio... homem tão digno...

Disoíonos: Eu não tive a menor intenção de plagiar o Shakespeare... Eu até pensei em colocar uma frase "A mulher é a raposa da mulher"! Para fazer um contraponto com "O homem é o lobo do homem"! Agora só faltaria tu me condenares como plagiadora do Hobbes!

Oneirópolos: (Para a plateia) Essa cobra velha está despertando da cova... Está voltando a ser a mulher que eu conheci nos palcos! Vejam a vitalidade! O sangue nos olhos!

Disoíonos: Eu preciso de inspiração, preciso das minhas memórias, dos meus segredos. (Ela acha uma mala) Aqui. Meu passado em uma mala, aqui está o meu gabinete de curiosidades.

Oneirópolos: Acho lindo isso: gabinete de curiosidades.

Disoíonos: Os gabinetes ou "Câmaras de Maravilhas" surgiram na Europa nos séculos XVI e XVII. Eram uma reunião de objetos curiosos ou raros, que ficavam agrupados e eram expostos.

Oneirópolos: Os gabinetes eram mantidos por reis, príncipes, nobres, burgueses mais abastados e artistas. E cheios de coisas exóticas, algumas assustadoras. Animais empalhados... conchas... aberrações da natureza... Lembras a poesia?

Disoíonos: (Vai em direção à plateia e recita "Gabinete de Curiosidades")

Em meu gabinete de curiosidades,
Guardo o "Porquinho-da-índia", "A estrela da manhã"
E "A Mário de Andrade ausente", de Bandeira.
Não há sangue seco de dragões ou esqueletos,

Nem restos de animais míticos – não quis um policéfalo,
Morrem cedo os coitados, como meu bezerro de duas cabeças.
Estão "Crime e castigo", "Os irmãos Karamazov", de Dostoiévski,
De Gógol, "O capote" e "Avenida Niévski".
E "O cavalheiro de San Francisco" e "Primeira classe", de Bunin.
Ah, eu adoro quando os dois "mujiques" adentram sem querer
O vagão da primeira classe, com suas caixinhas de ferramentas!
Os ricos – por minutos – têm vergonha das injustiças do mundo...
Oneirópolos: Em meu pequeno gabinete, há uma Vênus paleolítica

E uma ave raquítica esconde na naturalia os piores instintos.
Há velhas fotos na exótica, um termômetro na scientífica e hipócritas na artificialia.
Nada de conchas, fósseis, insetos desidratados, nenhum animal empalhado.
Contudo, aceitaria de bom grado um basilisco – sabe do que eu falo?

Um misto fedorento de galo, sapo, de dar um medo danado.
Prefiro "Uma alma simples", de Flaubert, "Dom Casmurro", de Machado,
E viajar pelas "Cidades invisíveis" de Calvino!
Esqueci "Pais e filhos", de Turgueniev, e um postal surrado de Portofino.
Meu gabinete de curiosidades abriga os meus sonhos,
Quimeras! Nada de aves com cabeças de serpente,
Mas amores, poesia e prosa – híbridos de monstro e gente.

Disoíonos: Sabe, Nei, aquele conto do Bunin que ele alude na poesia, em que os dois mujiques são postos meio às pressas no vagão da primeira classe do trem? Para fazer um conserto na estação seguinte, eles são forçados a adentrar o primeiro vagão que veem... e era casualmente o vagão dos ricos... os dois pobrezinhos, sujos de graxa, entram meio assustados e com as caixinhas de ferramentas nas mãos...

Oneirópolos: A descrição da tensão que se cria no ar, de ambas as partes – os mais ricos e os mais miseráveis da mesma sociedade russa –, eu acho aquilo o máximo!

Disoíonos: Eu estou testemunhando o que chamamos de metamorfose artística! Duas crias do teatro que renascem das cinzas como a Fênix! Eu corrijo: onde disse "renascem", eu diria já nascidas e criadas, Dionísio na veia! Imagine nós dois no Theatro São Pedro, em Porto Alegre! O prédio ainda está intacto, eu suponho, e em pleno funcionamento... está? É de 1850 e poucos. É o mais antigo da cidade...

Nei, fala a verdade, isso tudo é uma montagem, não? O que estamos fazendo... É uma história verdadeira, mas há uma plateia... eu sinto que há uma plateia... Isso tudo é uma grande encenação, não? Porque eu adoro quando há uma plateia e as minhas palavras chegam aos ouvidos e aos corações das pessoas... E tudo flui... O que significa que o nosso texto, a nossa peça teatral original, também fluirá, de nossos cérebros para o texto!

Oneirópolos: O que estamos fazendo aqui é uma peça teatral! Mas ao mesmo tempo não é... Nela, nós somos dois velhos atores e fazemos uma peça teatral dentro do enredo da peça, entendes a profundidade?

Disoíonos: Compreendo... uma peça dentro de uma peça... o teatro sempre me confundiu... Eu nunca soube de fato o que era a realidade e o que era invenção ou mentira quando estava no palco... Como é bela a arte! Poder voar em pensamentos e imaginação!

Oneirópolos: A minha esperança sempre foi de dizer o que o meu coração me mandava dizer... E, portanto, nunca menti, na realidade, e eu poderia dizer o mesmo nas ruas...

Disoíonos: Neizinho, tive uma ideia para a nossa peça... Presta a atenção: eu vejo uma cena na neve, ele está dentro de um bonde... de repente, ele a vê caminhando apressadamente pela rua... ele tenta chamá-la, mas o trem está em movimento... ela parece não perceber... ele desce... ela desaparece na multidão... ele quer gritar "Lara! Lara!"

Oneirópolos: Mas, por amor de Deus, Didi, isso para mim é de *Doutor Jivago*, do Boris Pasternak!

Disoíonos: Que *Doutor Jivago* nada! Mas que pessoa mais negativa! Trata-se de uma cena que eu inventei numa pequena cidade suíça... longe da Rússia... a milhares de quilômetros da Rússia... Ele não é médico, é engenheiro... "O engenheiro Hans" é o nome... E na Suíça também neva, ora bolas. Mas que patrulhamento intelectual...

Oneirópolos: (Rindo) Engenheiro Hans... Na Suíça... gritando "Lara, Lara... E o Hans não tinha um bigodinho... não era parecido com o Omar Shariff...? Bem, mas deixemos isso para lá! Didi, vamos tentar cinco ou seis alternativas – originais – e depois escolhemos uma delas e desenvolvemos o roteiro completo, OK?

Disoíonos: O engenheiro Hans poderia ter tomado, sem querer, uma dessas cápsulas "nanotecnológicas", com DNA recombinante obtido de grandes artistas do passado... e ficado moreno, lindo, como o Omar Shariff...

Oneirópolos: Jesus, está ficando difícil lidar com a loucura dessa mulher. É muita digressão pra pouco resultado.

(FIM DO ATO 3)

ATO 4

(Ele está sentado sozinho, num dos salões do asilo, e pensando alto...)

Oneirópolos: Para que os nossos planos deem certo, eu pensei em aplicarmos o que o pessoal do Group Theatre utilizava, talvez... O *method acting*...

Disoíonos: Quanta pompa...

Oneirópolos: (Ele pega um espelho e se olha. Depois começa a recitar)

"A vida é uma história contada por um tolo, toda em som e fúria, significando nada!". Macbeth! Macbeth! Eu já me sinto pronto para retornar aos palcos! Não vejo a hora de ganharmos esse maldito concurso!

Disoíonos: Ouça essa, Senhor Schweyk, comerciante de cachorros de Brecht! De Ibsen: "Eu, porém, já não posso pensar pelo que diz a maioria, nem pelo que se imprime nos livros. Preciso refletir sobre as coisas por mim mesma e tentar compreendê-las!" Ah! Eu adoro os papéis femininos do Ibsen – *Casa de bonecas*!

Oneirópolos: Eu sempre fui vidrado na obra de Ibsen...

Disoíonos: Neizinho, Neizinho do meu coração, eu imaginei a cena final de nossa peça: Disoíonos – a Didi aqui – está em pé diante de Dianooúmenos, o seu Didi, meu marido. Ela vai partir, mas é inútil ele tentar detê-la... mesmo fazendo uso de argumentos como os seus deveres de mãe e de mulher.

Oneirópolos: Impressionante...

Disoíonos: Ela acaba de se dar conta de que há algo maior. Ela precisa educar a si mesma. E ele não seria o homem capaz de ajudá-la a fazer isso. Disoíonos teria de fazê-lo sozinha. A plateia se agita nas poltronas do teatro. Os apelos do marido, Didi, são inúteis.

Oneirópolos: Impressionante...

Disoíonos: Didi, a mulher, abandona a casa, os filhos e o marido, porque se recusa a continuar a ser apenas uma boneca. Didi, o marido, afunda em sua poltrona, escondendo o rosto entre as mãos.

Oneirópolos: Impressionante...

Disoíonos: Silêncio. A porta se fecha: Disoíonos se foi. Resta uma última imagem no palco: uma casa de bonecas destroçada. Didi retornará? A plateia deixa a sala, emudecida, sem uma resposta.

Oneirópolos: Impressionante a tua cara de pau, Didi... Assim nos não evoluiremos... Didi, isso é exatamente como *Casa de bonecas*, tu simplesmente trocaste os nomes de Nora e Helmer, da obra de Ibsen, por Didi tu e Didi teu marido, dois nomes iguais, o que ainda por cima confunde a plateia... Vamos combinar que devemos esquecer essa história de copiar o que os outros já fizeram.

Disoíonos: (Apreensiva) E este edital? E se a gente perde... é eliminado... Que constrangimento... eu tive um pesadelo horrível essa noite... No final da peça, nós fazemos a reverência e ninguém aplaude, a plateia nos olha com olhos esbugalhados e não faz nada. Nadinha... De repente, lá do fundo começa um "Huuuuu" e a vaia vai se espalhando pelo teatro até fecharem as cortinas, aí nós...

Oneirópolos: Isso são preocupações normais... de qualquer profissional... não sofras com isso, minha deusinha. Tu és um símbolo de nosso teatro, vai dar tudo certo, eu te garanto que vai dar tudo certo! (Para a plateia, reclamando) Cada vez que nós dois conversamos, ela vem com os seus pesadelos...

Disoíonos: Era tudo mentira, Neizinho! Eu estou apenas praticando! Eu só estou fazendo um teste de palco, bobinho, utilizando um *"acting out"* do Pavlovsky... Eu finjo estar desesperada... Fico nervosa, insegura, até esqueço onde e quem sou... Todas essas técnicas darão mais tensão ao espetáculo...

Oneirópolos: Engraçado isso, nós somos os únicos trabalhadores no mundo que precisam de elogios e aplausos...

Disoíonos: E quem não ama o aplauso? Ser amado, ser reconhecido? (Sorrindo) Viva o teatro, Nei!

(FIM DO ATO 4)

ATO 5

(Os dois leem e conversam)

Disoíonos: Antes, não lembro se foi hoje, ontem ou há alguns dias... A minha memória por vezes vacila um pouco... mas nós falávamos sobre o livro, sim, o livro, o livro antigo, físico, palpável, aquele que juntava muitas páginas escritas, com capa, contracapa... Ah, que saudade do livro!

Oneirópolos: Nós falávamos sobre a saudade que nós temos do livro real, que se podia folhear, marcar a página em que paramos momentaneamente a sua leitura, com um marcador de papel cartolina, ou mesmo uma caneta...

Disoíonos: Eu costumava marcar a página com os meus óculos...

Oneirópolos: Foi então que eu te interrompi na parte em que tu comentavas sobre o manuscrito de Borges, da "Biblioteca de Babel", não foi?

Disoíonos: Foi, sim. "La Biblioteca de Babel", do Borges! Mas não sei por que eu lembrei de uma tia minha, que passava os dias rezando...

Oneirópolos: Tua tia?

Disoíonos: Sim, minha tia. Pelo menos ela tinha um objetivo mais claro na vida. Ela acreditava piamente na Igreja Católica! Tinha convicção que nossa passagem pela Terra era somente uma preparação. Como um cursinho pré-vestibular... ainda existe isso, Nei?

Oneirópolos: Não, querida, hoje é só cápsulas disso, cápsulas daquilo...

Disoíonos: Mas não vem ao caso. A minha tia tinha a certeza de que os sofrimentos humanos aqui na Terra eram uma preparação para outra vida, no Paraíso, ao lado do Senhor.

Oneirópolos: Infelizmente, não há como provar essa teoria, pois ninguém foi e voltou do mundo celestial. Eu, por exemplo, preferi sempre viver a vida terrena e nada mais...

Disoíonos: E veja no que deu...

Oneirópolos: Exato. Cá estou nesse asilo revoltante, velho e alquebrado, querendo retornar aos palcos, de um teatro que eu nem sonho como ele deva ser nos dias de hoje.

Disoíonos: Pois hoje tudo é virtual! As conversas são virtuais, os romances são virtuais, o sexo é virtual! O que dizer das peças teatrais...

Oneirópolos: Um conhecido, que veio me visitar – nas raras vezes em que entra alguém aqui e pergunta pelo meu nome –, ele era um excelente iluminador... eu lembro quando ele jogava aquela luz imensa em meu rosto e eu recitava "Ser ou não ser". Eu era o Hamlet, de William Shakespeare, em plena Elsinore!

Disoíonos: (Ela toma alguns comprimidos apressadamente. Olha para a plateia) Ele provavelmente recitará algo logo, logo, para se exibir para mim... com sua memória de elefante! Mas eu tomarei essas cápsulas... dizem que são apenas placebo – não contêm nada ativo dentro delas, mas fazem efeito psicológico.

Oneirópolos: (Cochichando para a plateia) Ela pensa que eu não vi quando ela ingeriu três daqueles comprimidos que não funcionam para nada... Apenas para informação aos senhores e senhoras, uma de minhas dicas educativas... essa palavra "placebo", esse termo que se usa para um falso remédio, que, mesmo sem ter remédio dentro, ajuda a gente, vem do latim: *place bo*, eu te agrado. Não é lindo?

Disoíonos: Eu detesto esses representantes de laboratórios multinacionais, ou melhor, hoje são multiplanetários! Sempre produzindo cápsulas, soros e infusões em todo o universo! E para tudo! Há um rapaz que vem de vez em quando aqui no asilo, sempre oferecendo essas cápsulas, ele diz que hoje há cápsulas terapêuticas para tudo!

Oneirópolos: Estás falando das cápsulas? Hoje há cápsulas para ficar mais musculoso, mais jovem, mais talentoso, para incorporar o talento de quem a gente escolher! Eu sempre tive medo dessas coisas da biotecnologia, DNA recombinante... eu tenho até medo de pronunciar... recombinante... nunca se sabe o resultado da recombinação...

Disoíonos: (Para a plateia) Mas sabe que me deu uma ideia muito interessante: eu poderia encomendar umas cápsulas e testar no Oneirópolos... Exatamente! Eu vou consultar o rapaz, eu devo ter deixado o número do seu Ui-Phone em algum lugar... Um momentinho só, Neizinho, já volto.

Oneirópolos: (Para a plateia) O rapaz que eu conheci ontem, eu, não ela, na porta do banheiro para nenhum sexo, era uma simpatia! Ele vende essas tais cápsulas!

Disoíonos: (Para a plateia) Tudo certo com as cápsulas... serão encomendadas!

Oneirópolos: (Para a plateia) Pois, conversa vai, conversa vem, o rapaz me disse que trabalha numa multinacional de medicamentos, a sede é na Romênia... alta tecnologia! Eles fazem essas cápsulas com concentrado de DNA recombinante. Pois o rapaz me disse que há cápsulas para tudo! Eu encomendei, para dar escondido à Didi, mergulhado em seu chá, como as *"madeleines"* do Proust, duas cápsulas feitas com DNA das cordas vocais da Maria Callas, e outras cinco, sabem de quem? Da Sarah Bernhardt – importadas, caríssimas! Retiradas de seus pelos pubianos, multiplicados pela técnica de PCR – as cadeias de polimerases! Ah, eu adoro esse termo: polimerases! Parece que a gente rejuvenesce só em escutar a palavra: polimerases!

Disoíonos: O rapaz me explicou que, se eu levasse uma cápsula, por exemplo, da Clarice Lispector, pagaria cinco rublos – eu já contei a vocês que os rublos voltaram, não? Se eu pagasse cinco rublos por uma cápsula e mais nada, era cinco! Mas se eu comprasse um combo, por exemplo, uma cápsula da Clarice e uma da Jane Austen, que seriam dez rublos, cinco mais cinco, não seria dez, não! Sairia por oito! Não é uma maravilha?

Oneirópolos: A Didi é muito ortodoxa... nossa peça deve ter um pouco de anticonvencional, da exploração de novos horizontes! A garantia de qualidade das cápsulas, em termos de loucura e de irreverência, é que o veículo, o líquido onde se misturam todos os ingredientes, é feito do cerebelo do Antunes Filho e das nádegas do Gerald Thomas. Eu tenho certeza de que vai explodir os pensamentos dela! Nossa peça teatral será o maior sucesso.

Disoíonos: Será Nirvana! Nirvana! Que palavra mais linda, um estado permanente de harmonia, paz e felicidade...

Oneirópolos: Ah, que lindo! Como os hindus, teu nome será Nirvana!

(Ele se aproxima dela e a envolve com um abraço) Dois velhos idiotas e emotivos sempre falando do passado, dos autores, dos grandes clássicos teatrais! Não é possível seguirmos assim... Tu e eu temos de olhar para o futuro! *"Tomorrow will be another day!"*

Disoíonos: Nei, não foi assim que a Scarlet O'Hara terminou *E o vento levou? "Tomorrow will be another day"*! Tu também não estás sendo tão original assim... Exiges originalidade de mim, e falas o script da Scarlet...

Oneirópolos: Mas que estraga-prazeres... Que mulherzinha irritante... eu me esforço para mostrar sensibilidade, amor, carinho e ela de volta à frieza e indiferença dos seres humanos num segundo! Nós temos de escrever a nossa peça para o concurso! Mas vamos tomar um chá! Um chá restaurador, querida! Será o melhor chá de nossas vidas! (Pisca o olho para a plateia)

Disoíonos: (Piscando também para a plateia) Sim! Será um chá da tarde inesquecível!

Oneirópolos: Esta é a nossa chance! Depois de quanto, vinte anos? Nós dois, socados e esquecidos neste asilo deplorável, nós teremos a nossa chance de redenção...

Disoíonos: Um edital! O nosso edital! Até parece que ele e eu ganharemos qualquer coisa a esta altura de nossas vidas... (Irônica)

Oneirópolos: (Para a plateia) Eu acho que vou matar essa mulher a machadadas, como o Raskólnikov fez com a velha agiota e sua irmã em *Crime e castigo*. (Disfarça e fala com ela) Sim, minha rainha! Um edital! Qualquer um pode concorrer! Independente de faixa etária.

Disoíonos: Mesmo para gente com mais de oitenta anos de idade?

Oneirópolos: Exatamente. Eles nem prestam a atenção na idade... na verdade, eu acho que eles nem ligam para o texto ou os autores. Basta que enviemos uma peça teatral que aborde um tema relevante.

Disoíonos: Só isso? Mas não será sofrido se perdermos, se formos derrotados por um fedelho qualquer! Já estou sofrendo por antecipação!

Oneirópolos: Por favor, controla-te querida... retorna à realidade... não faça esse olhar de quem está longe, esse olhar sofrido....

Disoíonos: (Ela se aproxima da plateia e recita)

Quando o homem sofre,
Sofrem tantas almas de seu passado!
Ah! Como amo as almas que habitam dentro de mim!
E sem avisar afloram de minha sepultura com aromas de jasmim.

Oneirópolos: Meu Deus! Que energia! E quanta inspiração, Didi! Para uma velha decrépita, abandonada num asilo podre como este, eu começo a ter esperanças.

Disoíonos: Já houve um tempo na Currúpnia em que havia uma elite mais reacionária, mas que lia, mandava os filhos para boas universidades... Havia mais cultura. Eram racistas, egoístas, tinham nojo de pobre, mas havia neles certo gosto pela cultura...

Oneirópolos: Eu tenho um primo que era corretor de imóveis. Ele gostava de ir ao teatro, lia bastante... Um dia, pediram que ele fosse avaliar um imóvel chique, que pertencia a um político que havia se candidatado ao governo. Ele entrou na casa, disfarçou, e foi direto para o gabinete do tal político. Didi, tu não podes imaginar! O homem tinha só três livros na estante. E os três eram de autoajuda!

Disoíonos: Parece que eu estou vendo! "Dez passos para o sucesso", "Como tornar-se um líder" e "O vencedor"! Quanta pobreza espiritual! Que ignorância...

Oneirópolos: Sabe que o meu primo fotografou tudo, pois achou que ninguém iria acreditar se ele contasse...

Disoíonos: É esse tipo de gente que toma as decisões nesse país.

Oneirópolos: (Para a plateia) Eu acho que as cápsulas estão fazendo efeito... O olhar dela... parece a própria Sarah Bernhardt... Eu sinto que vai dar certo.

Disoíonos: (Fala para ele) Eu adoraria saborear este chá com Marcel Proust, com suas *"madeleines"* mergulhadas no chá, que maravilha! E as lembranças dos seus finais de semana com a tia, na sua imaginária Combray!

Oneirópolos: Meu Deus, ajude estes pobres velhos a saírem deste labirinto de ideias. Proust, Combray, as "*madeleines*" mergulhadas no chá... Didi, voltemos à realidade! Chega de sonhos! Deus está morto, mulher...

Disoíonos: É de Nietzsche o "*Gott ist tot*", não? Eu apostaria que foi Hegel quem falou isso antes dele... sobre a tal "morte de Deus". E pensar nas mortes, nos massacres, nos desastres, nas desigualdades... É muito sacrifício para se exigir da humanidade, não é mesmo, Nei?

Oneirópolos: Há uma frase em *Os miseráveis*, do Victor Hugo, que diz assim: "Deus está morto, talvez", mas era sobre a ameaça de o progresso material acabar com o Deus do espírito.

Disoíonos: E quem lê Victor Hugo nos dias de hoje, Nei?

Oneirópolos: (Para a plateia) Está funcionando! (Para ela) Infelizmente, Didi, Deus está morto e nós o matamos. Mas a nossa peça teatral mostrará o contrário! Que Deus existe – mas o Deus de Spinoza, que está em todas as coisas... na beleza, na natureza, nos homens, nas plantas, nos animais...

Disoíonos: Nietzsche dizia que se a morte começasse a ser amplamente reconhecida, as pessoas se desesperariam e tudo se transformaria num niilismo sem limites...

Oneirópolos: Nada de niilismo, minha deusa! Nós temos uma chance preciosa de retornar ao mundo dos vivos! Dos planos! Das realizações artísticas! Os grandes palcos desse planeta!

Disoíonos: Nietzsche descrevia: "Um homem corre a gritar: 'Eu procuro Deus! Eu procuro Deus!' O louco quebra a lanterna no chão: 'Deus está morto, e nós o matamos, você e eu!'" Talvez o Deus de Nietzsche tivesse feito uma viagem para muito longe... uma viagem transoceânica... muito além do além... Tinha um poema no livro do teu amigo, Nei, que terminava com a palavra "oceânico". Eu acho essa palavra tão linda...

Oneirópolos: Tinha sim. Eu sinto que será através de nossas almas, da beleza da poesia que chegaremos ao nosso objetivo, minha querida. (Olha para a plateia e recita o poema)

Sonhei que perguntava a Aristóteles se um morto pode ser feliz,
O corpo enterrado num outeiro e mais nada.

Queria ser Yeats e ter em minha lápide a mensagem registrada:
"Lance um olhar frio sobre a vida e a morte. E siga em frente, cavaleiro!".
Meu desejo é jamais renunciar aos prazeres em nome de uma existência pura.
Eu não aceito nenhuma dessas propostas que dizem ser de origem divina.

Disoíonos: Não quero me ver no "Juízo final", como descreveu Giotto na pintura, nem nos afrescos de Michelangelo na Capela Sistina! É o deus de Spinoza que me fascina, um deus que permita uma vida sem culpas ou torturas. Eu quero espantar as Fúrias! Viver meus dias de Inferno. E depois espreguiçar-me na cova, morrer de luxúria.

Oneirópolos: Quero fazer amigos! Beber vinho! Ter um belo corpo nu em minha cama! Gozar as paixões casuais, provar as maçãs proibidas! Até dessa vida eu, por fim, me cansar. Sou o Cavaleiro de Yeats: meu galope é um sentimento oceânico de voltar.

Disoíonos: Meu galope é um sentimento oceânico de voltar! Que poesia...

Oneirópolos: Mas nós temos de ter foco! Foco! Se nós quisermos mesmo ganhar o tal concurso, precisamos de foco! Concentração!

Disoíonos: Perguntaram uma vez ao Michael Kaine, o ator inglês, como era para ele ter de atuar, jovenzinho, em meio aos deuses do teatro inglês – Lawrence Olivier, Alec Guinness, John Gielgud e outros! E ele disse que a resposta era "concentração!". Pensar somente em seu papel! Não se distrair pensando no papel dos demais!

Oneirópolos: É uma pena esses búlgaros seguirem com a ideia que me contaram ontem, durante o café da manhã, aqui no asilo... Se eles não chegarem a um acordo com o pessoal de Moçambique, poderá haver mais uma guerra mundial... Esses búlgaros são de morte!

Disoíonos: Podes imaginar? Nós dois a preparar uma peça teatral para retornarmos ao palco e, quando menos esperarmos, "Bum"!

Oneirópolos: Essas bombas de fabricação mais recente, à base de enxofre ativado, produzidas com os extratos de bezerros clonados com os genes de Stálin, Mao, Hitler, são horríveis!

Disoíonos: E há outras com o encéfalo daquele débil mental que nos governou há alguns anos, parente do Nero, dizem que são raras porque ele quase não tinha encéfalo... São bombas tão destrutivas, que poderão acabar com o nosso planeta, Marte, Júpiter, a Lua, a Lua dos namorados, Neizinho!... Imagine um mundo sem lua, para a gente namorar!

Oneirópolos: Seria um mundo impossível de se viver, Didi! Um mundo sem lua... É por isso que nós temos de reagir imediatamente! Escrever essa peça teatral! Ela será sinônimo de libertação. A redenção através da arte!

(FIM DO ATO 5)

ATO 6

(Os dois conversam sentados)

Disoíonos: Já estamos no terceiro manuscrito e tudo me parece tão confuso, trivial, banal e inconsequente.

Oneirópolos: Todos esses adjetivos juntos, Didi? Que pessimismo...

Disoíonos: Não podemos oferecer osso para o povo, temos que fazê-lo comer carne, a melhor das carnes...

Oneirópolos: Eu lembro que uma vez entrevistaram o Ariano Suassuna. Ele dizia que essa história de que cachorro gosta de osso é pura demagogia barata.

Disoíonos: Ofereça um osso e um bife para um cachorro e veja se ele vai comer o osso? Ele se atira, feliz da vida, no bife!

Oneirópolos: Vamos oferecer filé, Didi! Chega de osso! Inovação é o que fez Dante, Shakespeare, Cervantes, Molière... Nós temos de enfrentar o presente! Temos de defender a palavra! Viva o teatro!

Disoíonos: Como é linda a palavra, Didi! Imagine que nós, humanos, somos capazes de dizer coisas belas, uns aos outros, com uma precisão e uma potência impressionante. Sabe o que é poder olhar para alguém e dizer "eu te amo"?

Oneirópolos: Quanto vale isso na vida? (Olha para a plateia) Quando foi a última vez que o senhor ou a senhora da plateia disseram "eu te amo" para alguém?

Disoíonos: Eu quero apostar no amor, Neizinho! À arte! Às virtudes! Às pessoas!

Oneirópolos: Isso mesmo, Didi! É essa Didi que eu quero ver novamente!

Disoíonos: E podem os medíocres fazer o que quiserem para desvalorizar a cultura: nós seremos uma barricada eterna em favor da arte! Viva Aristófanes! Viva *Lisístrata*! *As nuvens*!

Oneirópolos: *As rãs*!

Disoíonos: *As vespas*!

Oneirópolos: (Com cara de cansaço e para a plateia) Ah, mulherzinha competitiva essa... (Olha para ela com ar de desafio e de quem sabe mais) *A assembleia*! *A paz*!

Disoíonos: Desgraçado! Tem sempre que humilhar! Dar a última palavra! Machãozinho infantil... Metido a sabe tudo... tem de dar sempre a última palavra...

Oneirópolos: Perdão, Didi! Perdão, querida... tu sabes muito mais sobre Aristófanes do que eu... (Olha para a plateia) ela não sabe nada... eu é que sei...

Disoíonos: (Pensando alto) Podem esses chilenos e búlgaros que hoje dominam o planeta fazer o que lhes der na telha, mas os meus pensamentos eles não dominam! E essas novas tecnologias que os grandes centros tecnológicos de Moçambique e do Afeganistão estão utilizando por aí, nada disso supera os nossos neurônios! Essa onda de tecnologia que praticamente nos invadiu por inteiro, não pode pretender sufocar as paixões, os amores, as loucuras que fazemos quando estamos totalmente vencidos pelo amor, quando sucumbimos ao desejo por alguém.

Oneirópolos: Bravo, Didi! Eu li sobre um tempo em que os poetas se degolavam, cortavam os pulsos, morriam por amor, sofriam. Tudo era levado ao seu limite. E essa possibilidade de morrer por amor fazia com que tudo tivesse sempre o mais profundo dos sentidos. Mas ninguém superou Iessiênin.

Disoíonos: Ninguém. (Ela olha para a plateia e recita)

Encantaria os românticos...
O poeta cortou os pulsos
E escreveu com o próprio sangue

Um derradeiro poema.
Num recanto, escondido,
Deu-se a consumação de sua vida.

Extrema dramaturgia.
Enforcou-se o coitado
No coração de Leningrado.

Oneirópolos: (Emocionado) Que maravilha, Didi! A poesia me acalma, ao mesmo tempo, agita-me! Mexe com os meus sentimentos mais profundos. Como é bom, num tempo em que ninguém presta mais a atenção aos sentimentos mais profundos, a poesia nos fazer recordar do que temos de mais belo na vida: nossos sentimentos...

Disoíonos: (Mudando o humor, para algo sério, mas sem relação com a conversa anterior) Quando introduziram essa nova norma médica aqui na Currúpnia, que veio dos pesquisadores do Afeganistão, os três que ganharam o Prêmio Nobel, com a nova técnica de retirada do coração sem matar a pessoa... desde então, eles passaram a retirar o coração de todo mundo e colocar naqueles enormes refrigeradores.

Oneirópolos: Eles acham que é melhor o ser humano funcionar sem coração... só com o cérebro e o estômago...

Disoíonos: Nem os órgãos genitais eles valorizam hoje...

Oneirópolos: O sexo, a cópula convencional, carnal, foi substituído pelos barulhinhos axilares... (Ele brinca de fazer som com a mão e a própria axila, olhando malicioso para ela. E ela responde da mesma forma, como se fosse assim que se fizesse sexo nos novos tempos. E riem!).

Disoíonos: Os pesquisadores fazem um tipo de nanotécnica que pica em pedacinhos bem pequenininhos os corações e eles os estocam sei lá para que... Neizinho: acabou o amor como nós fazíamos antes!

Oneirópolos: Mas é aí que reside a nossa vantagem, minha deusa! Nossa peça teatral será escrita com amor, com frases saídas de nossos corações!

Disoíonos: Exatamente! Nada de tecnologia e inovações baratas, frias e sem o menor sentido humano! (Recita uma poesia)

O quadrúpede chamado homem,
Não consegue equilibrar-se sobre as patas de trás.
Fosse assim, sobrariam as dianteiras para o amor!
Oneirópolos: (Ele completa a poesia) Tocaria violino!
Plantaria um jardim! Faria pinturas como Chagall!

Mudar o mundo não é tarefa para qualquer animal!
Nós teremos como principal vantagem um ingrediente maravilhoso e que eles há muito tempo esqueceram: chama-se (Os dois dizem juntos) AFETO!

(FIM DO ATO 6)

ATO 7

(Os dois estão sentados cada um numa poltrona, a trocar ideias e relendo suas anotações)

Oneirópolos: Didi, por amor de Deus, eu havia te implorado, que tu não escrevesses nada de nosso projeto nesses papéis! Os funcionários recolhem tudo que possa ser reciclado, para alimentar os poços energéticos da Bolívia! E papel é coisa que eles odeiam. Aliás, tudo que for escrito eles odeiam! Eles implicam com a palavra, minha querida. Pegam e destroem! Eles parecem ter desenvolvido uma espécie de alergia à cultura. Um verso de Pushkin ou de Bandeira dá um choque anafilático nesses ignorantes sem alma...

Disoíonos: Um dos enfermeiros aqui do asilo contou-me que sua filha ganhou um concurso de poemas e que todos eram sobre nanopartículas, novas moléculas, inteligências artificiais, potássio, sódio, cálcio... nada sobre amor, ódio, inveja ou coisas comuns aos humanos... ela escolheu falar de dois robôs, que acabam um matando o outro... e a moça venceu o concurso. Primeiro lugar! Veja se pode! Olha o título da peça: "Carbono ou não carbono, eis a molécula". Shakespeare deve ter tremido na sepultura... Era um concurso de poesia sobre frieza afetiva, que andaram fazendo na Groenlândia... veja se pode uma coisa dessas...

Oneirópolos: Didi, nós seremos um núcleo geriátrico de resistência na cultura! Nós não nos deixaremos abater por essas idiotices de hoje! Se eles perderam a sensibilidade e arte não é nada para eles, é muito, mas muito para nós, minha querida. Eu tenho a esperança de que, com a nossa sensibilidade, com o caráter humano de nosso projeto, nós sairemos vencedores no concurso de peças teatrais! Mas peças que falem do ser humano, de nossas emoções!

Disoíonos: Ah, Neizinho! Como é bonito escutar versos que falam dos sentimentos das pessoas... Eu não sei como há gente que não se sente tocada pela arte. Tomemos a escultura. Veja, por exemplo, *O beijo*, de Rodin. Não é a prova de que devemos ter esperança na humanidade? Há imagem mais linda do que dois amantes entrelaçados num abraço infinito?

Oneirópolos: Dizem que a escultura representa Paolo e Francesca, o casal de amantes citados na parte do "Inferno", na *Divina comédia*, de Dante...

Disoíonos: Os pobrezinhos foram mortos pelo marido de Francesca! Que os surpreendeu quando trocavam um beijo apaixonado! E os dois tiveram suas almas condenadas ao Inferno...

Oneirópolos: Mas o marido assassino – o corno – foi para uma parte mais profunda do Inferno. Pelo menos isso... Dante puniu os amantes de modo mais leve que o marido assassino... Ele era demais! Quis nos dizer que os pecados de amor são menos graves...

Disoíonos: Neizinho, nossa peça teatral talvez pudesse abordar uma tentativa de equilíbrio entre o mundo da tecnologia e o mundo da sensibilidade...

Oneirópolos: Claro! A inovação é fundamental! Chuveiro quente... remédio para frieira... Vacina! Isso tudo é maravilhoso! Mas somente tecnologias não dá! Eu, por exemplo, eu morreria sem arte! Aliás, eu me mantenho vivo por causa da arte.

Disoíonos: (Emocionada) Nei, quando nós dois nos encontramos diariamente para conversar, neste asilo ridículo, o assunto é sempre arte! Ficamos recordando o passado, é verdade, mas o que acabamos sempre por discutir é sobre um livro, uma peça teatral, uma pintura, um concerto... e assim vamos levando as nossas vidas. Eu acho isso tão lindo...

Oneirópolos: Um dia desses, minha velha, fizeram uma gincana aqui no asilo, daquelas para os velhinhos se distraírem. Tu estavas com diarreia, enxaqueca ou soluço, não sei bem o diagnóstico, mas eu lembro que tu não saíste do teu quarto. Até soro eles te deram... O fato é que eles começaram a fazer desafios. E perguntaram um grande nome do teatro... e eu gritei Marlowe!

Disoíonos: Ah... Marlowe! Grande teatrólogo!

Oneirópolos: E foi aquele silêncio constrangedor... ninguém tinha a menor ideia de quem foi Marlowe! Ingenuidade minha imaginar que aquele bando de enfermeiros, nutricionistas, médicos e fisioterapeutas iletrados iria saber quem foi Christopher Marlowe, o antecessor de Shakespeare no drama inglês...

Disoíonos: Tu sabes que Marlowe teve dúvidas entre a dramaturgia e a religião... estudou teologia, sabia latim, francês, grego... a peça *Tamerlão* eu assisti uma vez em Londres, numa viagem... Marlowe foi morto numa briga de faca, numa daquelas tavernas inglesas...

Oneirópolos: Eu sei! E a briga era sobre quem deveria pagar a conta! Não é ridículo um homem que trouxe a história de Doutor Fausto para o teatro e que influenciou Shakespeare, simplesmente morrer de uma facada no olho?

Disoíonos: Sabes que uma facada no olho pode despertar o interesse do pessoal... eles adoram sangue! Uma facada no olho pode ser um tema muito bom de se iniciar uma nova peça teatral...

Oneirópolos: Coitado do Marlowe, Didi! O pobre morreu da facada no olho... e que descanse em paz... Pensemos algo alternativo... Sobre Samuel Beckett, eu tenho uma história... O Beckett foi influenciado pelo James Joyce, que era também irlandês, de Dublin... Eu amo o Teatro do Absurdo!

Disoíonos: Eu adorava as suas metáforas! E *Esperando Godot*? Pois o Beckett foi outro que levou uma facada...

Oneirópolos: Outra facada? Mas que morticínio...

Disoíonos: Mas isso foi antes da Segunda Guerra e em plena Paris... pobre Beckett... nunca ninguém entendeu o episódio. O Beckett recebeu o Nobel de Literatura, acho que em 1969, parece...

Oneirópolos: Eu lembro que assisti *Eleutheria*, em Londres ou em Paris...

Disoíonos: Eu sempre achei fascinante os dois vagabundos conversando – como nós dois aqui nesse asilo – enquanto esperam pelo misterioso Godot, que nunca aparece. Será que tu e eu não estamos também esperando Godot? Godot é meio parecido com God... não achas?

Oneirópolos: Pensando melhor... e se a gente roubasse algo do Nelson Rodrigues... será que este exército Brancaleone de bestas quadradas iria desconfiar?

Disoíonos: Roubar? Mas o senhor não era tão rigoroso com a autoria das peças teatrais...? E qualquer alusão a algum texto te causava a maior reação de indignação...?

Oneirópolos: O Nelson é para mim o maior dramaturgo do Brasil. Eu amo os seus textos cheios de crimes e de escândalos! Eu acho que ele até tinha parentes nascidos na Currúpnia... Se não me falha a memória, tinha...

Disoíonos: (Com ar malicioso) Nei, e se nós copiássemos *Vestido de noiva* ou *Toda nudez será castigada*, será que a comissão julgadora iria descobrir que não são obras nossas? Eu daria tudo para dizer que *O beijo no asfalto* é de minha autoria!

Oneirópolos: Seria uma peça e tanto! O beijo na boca de um homem em outro homem, na hora de sua morte! Lembras do desgraçado do repórter sensacionalista e do delegado corrupto, que transformam a cena maravilhosa da misericórdia humana em escândalo?

Disoíonos: E acabam com a reputação do Arandir... e ele só dizia que quis atender ao pedido de um moribundo... (Rindo).

Oneirópolos: (Para a plateia) Eu estou quase caindo na tentação... devo me controlar... essa bruxa dos palcos está quase me seduzindo na direção do delito...

Disoíonos: (Contente) Eu, se tivesse de escolher como de minha autoria – das peças do Nelson –, seria *Bonitinha, mas ordinária*, lembras? Eu adoro interpretar uma puta! Mas que prazer que isso me dá!

Oneirópolos: Eu, se pudesse roubar uma peça de alguém, honestamente, se Deus me desse esse privilégio, quer dizer, falo apenas hipoteticamente... claro que teria que ser algo muito discreto, que ninguém descobrisse ou desconfiasse de minha autoria... eu escolheria o bardo: William Shakespeare.

Disoíonos: Eu roubaria qualquer texto, desde que fosse algo de valor artístico! O Oscar Wilde adorava a mentira na arte! Até escreveu um ensaio famoso sobre a importância de deixar a mentira correr solta! A arte é uma mentira... mas artística!

Oneirópolos: O ensaio sobre a mentira é antológico...

Disoíonos: Poderíamos usar algo de Arthur Miller... Ao invés de A *morte de um caixeiro viajante*, que tal se mudássemos para algo mais pós-contemporâneo... *O cotidiano de um motorista de Uber*...

Oneirópolos: Pelo amor de Deus, Didi, que mau gosto...

Disoíonos: Tens razão, acho que extrapolei... Retornemos a Shakespeare...

Oneirópolos: (Sério, emocionado) Tu podes imaginar, Didi, eu assinando como autor de Hamlet – com o príncipe dizendo "ser ou não ser, eis a questão". Deus meu, nada foi mais encenado ou lido ou adaptado do que a minha obra – quero dizer, a obra de Shakespeare.

Disoíonos: Eu escolheria *Otelo*! O general mouro, lindo e tão inseguro, a esposa Desdêmona – no caso, esse seria o meu papel na peça... eu seria autor e personagem... E o psicopata do Iago, com suas maldadezinhas! E o tenente Cássio... Eu amo as rivalidades, as traições, o ciúme! E os assassinatos! Como um morto faz bem a uma peça de teatro!

Oneirópolos: Uma peça de teatro com sangue no palco e um cadáver... É sucesso garantido!

Disoíonos: Eu estive pensando... Tu achas que alguém desconfiaria se *Romeu e Julieta* tivesse o título *Nei e Didi*... Talvez alguém com um pouco mais de escolaridade notasse que a peça não é nossa, mas essa turma nem notaria... Nós assinaremos como autores de uma tragédia de dois jovens apaixonados, de famílias inimigas da Venezuela, e que se apaixonam... O Mercuccio poderia se chamar Juanito... E os dois amantes Julinha Alvarez e Romualdo Sanchez Marcondez... Ficaria bem discreto... acho que passaria...

Oneirópolos: (Quase sem paciência) Pois eu aposto que desconfiariam!

Disoíonos: Mas é só bobagem que eles gostam, Didi! Nem prestam a atenção! Hoje, mensagens não contêm mais do que duas ou três palavras, Nei! Ninguém se preocupa com conteúdo!

Oneirópolos: (Rindo) Imagina, Didi, eu lançando *Macbeth*, com outro nome, tu achas que alguém iria dizer que foi o casal Macbeth que bolou um plano para assassinar o rei Duncan e assumir o poder? Nunca.

Disoíonos: Esse tipo de situação de matar alguém e tomar o seu lugar eles entenderiam com a maior naturalidade... aqui em Currúpnia eles matam gente toda a hora e por muito menos...

Oneirópolos: E tu, Didi, ficarias melhor, minha rainha, se me permites, como Catarina, a minha "Megera Domada"! Eu faria o papel do teu Petrúquio... e nós nos estapearíamos por horas no palco, até finalmente darmo-nos conta de nosso amor!

Disoíonos: Que maravilha seria roubar esses textos e dizer que são nossos, Nei! Vamos roubá-los, querido! Eu imploro! Vamos roubá-los! Que oportunidade maravilhosa nós dois temos em nossas mãos!

Oneirópolos: Este bando de estúpidos não sabe identificar a *Monalisa*, do Leonardo da Vinci, *Guernica*, do Picasso, nem se fala... Nesse sentido, seria até uma operação de fácil execução...

Disoíonos: (Feliz) Então tu aceitas nós fazermos essa "fraudezinha"?

Oneirópolos: (Desabafando para a plateia) Shakespeare que me perdoe, eu não nasci em Stratford-upon-Avon, não escrevi A *tempestade* e nem *Rei Lear*, até que seria uma boa vingança contra esse sistema que nos oprime! (Dirige-se a ela) Minha querida Sarah Bernhardt! Nós roubaremos um dos textos de Shakespeare e aposto que ninguém desconfiará!

Disoíonos: Neizinho, querido! Tu és o meu herói! O meu Dom Quixote de la Mancha! Cervantes te reconheceria como um dos grandes!

Oneirópolos: Se a coisa está nesse pé... eu consideraria roubar um texto até do Molière, *O avarento*, por exemplo...

Disoíonos: Meu querido, o pessoal vai adorar qualquer coisa que roubemos de Molière! Eu tenho certeza! Darão gargalhadas na plateia! E nos mandarão beijos, elogios! Jogarão flores no palco ao final!

Oneirópolos: (Entusiasmado) Eu pensei também em *Tartufo*. Tu serias a empregada, que desmascara o farsante Tartufo... (Mais pensativo e sério) Por outro lado, nós poderíamos fazer a cena da morte do poeta russo Iessênin, enforcando-se com os tubos da calefação no hotel em Leningrado... Há tantas possibilidades, minha querida...

Disoíonos: Nei, pensando nesse monte de velhos depositados nos asilos, cada um a gemer mais do que o outro, e se nós plagiássemos *O doente imaginário*, do Molière? ... poderia servir também!

Oneirópolos: Tudo vale a pena, minha deusa! Quando a alma não é pequena! Não era o que dizia a poesia do Fernando Pessoa? Ele – o Pessoa – iria adorar ver nós dois roubando uma peça teatral de alguém! Quem escreve um poema com a profundidade de "Tabacaria", entende bem o que nós dois queremos dizer em qualquer peça teatral!

Disoíonos: (Pensativa) Isso que eu vou te dizer, Neizinho, não tem nenhuma relação com o fato de que o pobre do meu marido, que está em coma profundo, dentro daquele tubo de ozônio, há vários anos, como se fosse um vegetal... mas eu, se tivesse de escolher, se me fosse dada essa possibilidade... eu adoraria ser a personagem principal de uma peça em que eu fosse uma puta, mas uma dessas putas de verdade...

Oneirópolos: É mesmo?

Disoíonos: Uma puta daquelas que dão mesmo, simplesmente pelo prazer democrático, universal, ecumênico, de dar... Eu sempre quis ser uma puta, melhor dizendo, eu sempre quis interpretar o papel de uma puta...

Oneirópolos: (Contente) E se nos apropriássemos de algo do Plínio Marcos? Quem sabe roubamos um texto do Plínio Marcos, daqueles bem sujos!

Disoíonos: (Irônica) Nos apropriássemos... nos apropriássemos, é... Que palavrinha boa, não é mesmo, Neizinho? Ao invés de roubar, apropriar-se... Bem pensado... Nós dois nos apropriaríamos de um texto de um autor...

Oneirópolos: (Disfarçando) Mas, minha querida, eu não vejo problema nenhum em atendermos o teu pedido... Sem querer fazer qualquer ofensa, se tu achares conveniente o texto de *Navalha na Carne*, do Plínio Marcos, tu poderias ser a Neusa Suely... já que ela era uma prostituta de uma certa idade....

Disoíonos: De uma certa idade... estás me chamando de velha, Neizinho?

Oneirópolos: Nada pessoal, Didi, mas combinaria com a realidade, daria mais veracidade à personagem...

Disoíonos: Escolheste logo uma puta velha, mas eu não me importo! Poderia ser, sim! Eu adoro puta que apanha, é humilhada, sofre...

Oneirópolos: Sério?

Disoíonos: É força de expressão, Nei! Eu apenas me referia à personagem, que eu, como profissional do teatro, se tiver que incorporá-la, eu aceito o desafio...

Oneirópolos: Minha deusa, tu serás a personagem que quiseres e na peça teatral que desejares! Tu és Didi, a Sarah Bernhardt da Currúpnia! Uma das maiores atrizes – e isso é a mais pura das verdades – uma das maiores atrizes que eu vi nos palcos em que pisei – e em toda a minha vida! (Ele se curva e beija a mão dela)

(FIM DO ATO 7)

EPÍLOGO

(Nei está sentado de terno e gravata, num elegante escritório... Parece remoçado e respondendo a vários telefonemas. Sua mesa está cheia de contratos e aparelhos. Didi entra na sala, cheia de si, elegante, vestida como uma alta executiva.)

Oneirópolos: (Olha para a plateia, com olhar de homem realizado) Esses estrangeiros sempre perguntando sobre os nossos programas educativos... Que chatice! E os tibetanos, os búlgaros! Eu não aguento mais esses búlgaros, sempre exigindo novos projetos, novas peças teatrais! Perguntando a todo o momento sobre os nossos programas educativos!

Disoíonos: (Ela olha para a plateia e fala) Essa parte nós havíamos planejado que fosse toda encenada em búlgaro ou num dialeto da Chechênia, países que hoje dominam o mundo... Ou em russo, pois os russos foram destruídos junto com os americanos, mas o rublo voltou às bolsas de valores...

Oneirópolos: Tudo bem?

Disoíonos: Nei, para com essa pose de executivo da cultura, por favor, pelo amor de Deus... Lembre-se de nosso passado... daquele asilo... que homem mais exibido e pretensioso... (Ela se serve de um champanhe e enche a taça dele) Zasdaróvia! Zasdaróvia, meu querido Neizinho! Ah, eu adoro brindar em russo! É um charme!

Oneirópolos: Didinski, eu estou até os fios de cabelos com essa delegação da Chechênia, que deseja aprender sobre o nosso famoso programa de educação básica, intermediária, superior, muito superior e extremamente superior... debochadamente superior..., que criamos para a Currúpnia e é um sucesso internacional...

Disoíonos: Nossas exportações de picolés poéticos são um sucesso! As vendas na Sibéria estão de vento em popa! Chupa-se o picolé e absorve-se junto com ele uma poesia de Drummond, João Cabral de Melo Neto, é uma maravilha!

Oneirópolos: E os pastéis de dicionário, Didinski? Vendem como pão quente em todas as escolas! As crianças ficam bem alimentadas e ainda melhoram a concordância verbal e dominam todas as regras ortográficas!

Disoíonos: Neizinski, nós somos um sucesso interplanetário! Depois que descobriram vida em Saturno, eu passo metade do tempo aqui e a outra metade nos anéis, recebendo em rublos! E ensinamos a esses despreparados sobre o valor da arte, da cultura, enfim, de tudo que nós sempre sonhamos para as nossas crianças e adultos... Desde que o Neizinski foi convidado a assumir o ministério da cultura e eu a educação, aqui na Currúpnia, não paramos mais de trabalhar!

Oneirópolos: (Dirigindo-se para a plateia) E os senhores e senhoras não queiram imaginar, o marido da Didinski, ele mesmo, Dianooúmenos – o nome dele nós mantivemos intacto, sem uma tradução no alfabeto cirílico –, pois o Didi, sem a menor explicação científica, despertou, deu dois pontapés no seu tubo de ozônio e voltou a ser exatamente o que era antes! O maior diretor de teatro de todos os tempos na Currúpnia! E com o mesmo brilhantismo de antes! E dirigiu magnificamente a nossa peça!

Disoíonos: (Dirigindo-se para o público) Nós resolvemos, Didinski e eu, vocês lembram? Nós estávamos no asilo e resolvemos submeter nossa peça teatral – nosso *"blockbuster"* – ao tal edital público do concurso de peças teatrais... E foi o maior sucesso!

Oneirópolos: E nós nos tornamos, de um dia para o outro, os mais famosos autores e atores teatrais não apenas da Currúpnia, mas de todo o Sistema Solar!

Disoíonos: Solar? Da Via Láctea, Neizinski! Vocês lembram, não? Nós fizemos simulações com várias peças teatrais. Um textinho de Molière aqui, um Samuel Beckett lá, um Nelson Rodrigues acolá...

Oneirópolos: E muita experimentação... Coreografias oculares... nasais... auriculares... (Os dois mexem os olhos juntos, depois as narinas, depois as orelhas)

Disoíonos: Exercícios respiratórios... (Dirigindo-se a ele): Inala! Exala! Inala! Exala! E o resultado é que, no meio daquele oceano de ignorância, de gente burra, que jamais havia aberto um livro na vida...

Oneirópolos: (Continuando o texto) Empresários, políticos sem a menor cultura e preparo... imaginem um presidente que nunca leu *A montanha mágica*, de Thomas Mann!

Disoíonos: (Falando com a plateia) Para esses tipos sem cultura, se nós disséssemos que Hans Castorp não contraiu tuberculose no sanatório em Davos, nos Alpes suíços, mas malária em Singapura, eles acreditariam da mesma forma!

Oneirópolos: Havia um ministro da cultura na Currúpnia que não sabia quem era Carlos Drummond de Andrade! Guimarães Rosa ele me perguntou se era o nome de uma floricultura!

Disoíonos: Nós, finalmente, depois de muitas discussões e elucubrações, submetemos a nossa peça teatral ao concurso...

Oneirópolos: E vencemos! Vencemos o concurso, por unanimidade! Fomos ovacionados! E depois foram sucessos e mais sucessos! E do asilo em que vivíamos praticamente abandonados, nós fomos transferidos diretamente para o Poder Executivo da Currúpnia! Para os dois postos mais altos da educação e da cultura!

Disoíonos: Através de técnicas de DNA recombinante – ah, eu adoro essa expressão! DNA recombinante! Só perde para PCR! Eu amo a expressão PCR! E resolvemos começar tudo de novo. Uma nova civilização!

Oneirópolos: Incineramos todos! Inclusive nós dois! E começamos tudo de novo! Uma nova civilização! Como se tivéssemos vivido o fim do mundo! Uma espécie de juízo final!

Disoíonos: Com o DNA extraído de alguns padres da Igreja Católica, produzimos sequências genéticas de Torquemada, o famoso padre da Inquisição. E assim cada um decidia a forma de atingir a salvação!

Oneirópolos: Alguns preferiam usar um relho e chicoteavam o próprio corpo até cansar. Outros se beliscavam...

Disoíonos: Havia gente que era picado por um enxame de abelhas... Como os indecisos na entrada do "Inferno", de Dante!

Oneirópolos: Enfim, todos foram salvos... independente de credo ou religião! E surgiu uma nova civilização!

Disoíonos: Nós reconstituímos o Darcy Ribeiro inteirinho! E transformamos a Currúpnia numa experiência antropológica como Darcy havia sonhado um dia ser possível! Uma mistura de raças maravilhosa!

Oneirópolos: Demos emprego e oportunidades de trabalho digno para todos! Construímos escolas, preparamos e contratamos bons professores, apoiamos a criação de bibliotecas, centros culturais, cinemas, teatros, exposições de artes...

Disoíonos: Enfim, nós fizemos tudo que sempre sonhamos para o país e para o mundo! E as crianças e os adultos, de todos os cantos desse país e da Via Láctea, até os monstrinhos que viviam em Urano e Netuno, todos passaram a estudar em nossas apostilas virtuais!

Oneirópolos: Todos passaram a ler e desfrutar das maravilhas que a educação pode proporcionar! E nós ficamos famosos! Didi e eu estamos tão felizes!

Disoíonos: O meu marido – o meu Didi – ele está radiante! É claro que ele não entende bem o que aconteceu, mas saiu do tubo hiperbárico e voltou a dirigir espetáculos, formar diretores, atores, cenógrafos, enfim, estamos todos muito felizes e exportando arte e cultura...

Oneirópolos: Nós sempre confiamos que a cultura seria a melhor das *"commodities"* de um país e do planeta!

(Nei se aproxima da plateia e faz um sinal para que Didi se aproxime dele. E então se dirigem à plateia, fazendo quase um cochichar...)

Meus queridos amigos, Didi e eu estamos muito felizes e honrados com a presença de todos. Nós somos apenas dois velhos atores! Amamos o palco!

Disoíonos: Nós daríamos a vida pela arte! Tudo que de bom a vida nos deu e que nós, modestamente, devolvemos hoje à sociedade resulta de nosso amor à cultura.

Oneirópolos: Mesmo nos momentos mais tristes e mais difíceis, nós nunca deixamos de acreditar na força da arte... na força que tem a arte de nos modificar, tornar-nos mais críticos, mais fortes e capazes de encontrar soluções.

Disoíonos: Quando tudo parecia cinza, quando nós dois estávamos naquele asilo, abandonados à nossa própria sorte, foi a arte que nos trouxe um facho de luz, uma esperança no futuro!

Oneirópolos: (Com uma expressão maliciosa... cochichando, com sarcasmo...) Obviamente, tudo fica mais fácil quando podemos contar com a ignorância das autoridades da Currúpnia...

Disoíonos: (Rindo para a plateia) Uma vez perguntaram ao ator cômico Grouxo Marx se não seria caro demais educar? Ele respondeu com outra pergunta: se o jornalista já havia calculado o preço da ignorância! Nei e eu, naquele asilo degradante e sem a menor graça, estávamos preparando a nossa fraude para o tal edital do governo... lembram?

Oneirópolos: Nós tínhamos de preparar uma peça teatral para vencer o concurso de qualquer maneira... Lembram? Passamos dias e mais dias refletindo sobre qual obra fraudar. Teria de ser uma peça o mais desconhecida possível, para não levantar a menor suspeita de fraude...

Disoíonos: Teria que ser uma peça que pudesse vencer, por sua qualidade, seus encantos, mas que não despertasse na comissão julgadora a menor suspeita quanto à sua autoria.

Oneirópolos: (Indignado) Senhoras e senhores, nós escolhemos *Hamlet*, de William Shakespeare, a peça teatral mais encenada de todos os tempos!

Disoíonos: A peça teatral mais encenada em todas as culturas e em qualquer tempo!

Oneirópolos: Nós submetemos os originais de *Hamlet*, sem nenhuma alteração... Nada!

Disoíonos: Exatamente como Shakespeare os escreveu há cinco séculos!

Oneirópolos: A única modificação, querida plateia, foi na capa, onde deveria constar o nome do autor... WILLIAM SHAKESPEARE, nós pusemos Disoíonos e Oneirópolos!

Disoíonos: E com a direção do grande e consagrado diretor Dianooúmenos!

Oneirópolos: E acreditem se quiserem: nós vencemos o concurso! Fomos selecionados em primeiro lugar!

Disoíonos: E fomos aclamados pela imprensa, aplaudidos nas ruas, ovacionados e adorados pelas autoridades da Currúpnia!

Oneirópolos: Havia um general bem velhinho, na cerimônia de premiação, um gordinho, que havia sido ministro da Currúpnia durante a tal pandemia de Covid-19, duas décadas atrás...

Disoíonos: O homem chorava, emocionado, só de pensar no talento dos autores teatrais de seu país!

Oneirópolos: Ninguém do governo desconfiou de nada... Era *Hamlet*, senhoras e senhores, *Hamlet* – de William Shakespeare –, a mais encenada peça de todos os tempos!

Disoíonos: *Hamlet*, o texto original, na íntegra, sem o que tirar, nem botar, mas assinado por nós dois... Didi e Nei. E ninguém desconfiou... Minto: havia um menininho, de uns oito anos, de uma escola pública, que tentou avisar a todos que havia algo estranho... ele gritava "O rei está nu!", "O rei está nu!"

Oneirópolos: Mas ninguém deu a menor atenção ao menininho. (Olhando para plateia, com ar de preocupação) Minha gente, eu suplico! Matriculem seus filhos em boas escolas! Invistam na educação! Apostem na cultura, por amor de Deus!

Disoíonos: Não permitam que a Currúpnia volte a ser um povo ignorante, que acredita em qualquer idiotice ou mentira deslavada! Um país sem educação, um país sem cultura, é uma presa fácil de aventureiros, exploradores, políticos mentirosos!

Oneirópolos: Tudo isso que vemos, as injustiças, as desigualdades são fruto de regimes políticos que só se mantêm no poder às custas da ignorância do povo. A educação é o fator mais importante na redução das desigualdades!

Disoíonos: Povo sem educação é terreno fértil para preconceitos, negacionismos e teorias conspiratórias. São pessoas que sonham com líderes e soluções messiânicos. Se as crianças currupnianas estiverem todas na escola, bem alimentadas, limpinhas e bem-vestidas – nada de luxo, apenas dignidade –, tudo mudará!

Oneirópolos: Nós nos referimos à dignidade humana, uma chance de um bom futuro para todos!

Disoíonos: E, por fim, apenas um pedido meu, de ordem pessoal. O meu marido, Dianooúmenos, ele é uma pessoa difícil, os senhores e senhoras sabem, é um professor universitário, cheio de regras e princípios morais, passou anos em coma, naquele tubo de ozônio, recebeu cargas de mercúrio, cromo, iodo, sei lá o que mais infundiram no cérebro do coitadinho. Por efeito dos gases, ele tampouco percebeu...

Oneirópolos: Se Didi – o Didi marido – perguntar, digam com total convicção que Hamlet, o príncipe ambivalente do reino da Dinamarca, continua sendo personagem principal da obra de Shakespeare. E que nós jamais tivemos a intenção de roubá-la de seu autor... porque nós amamos Shakespeare, não é mesmo, Didi?

Disoíonos: Claro que sim, meu querido amigo Nei! Nós amamos o teatro de Shakespeare...

Oneirópolos: Marlowe!

Disoíonos: (Contrariada e competitiva) Molière!

Oneirópolos: Ibsen!

Disoíonos: Beckett!

Oneirópolos: (Rindo para ela com carinho) Tennessee...

Disoíonos: (Com amor) Nelson Rodrigues... Plínio Marcos e todos esses maravilhosos autores!

Oneirópolos: Ah! Como nós amamos esses seres humanos que fazem parte da história do teatro! Leiam os textos de Brecht, por amor de Deus!!!

Disoíonos: Assistam *O casamento do pequeno burguês!*, *A ópera dos três vinténs*! Saboreiem *Sonhos de uma noite de verão*, de Shakespeare! Desfrutem as obras geniais destes homens que produziram o que há de mais belo nessa arte do espetáculo!

Oneirópolos: Essa arte incrível produzida pela espécie humana ao longo de nossa história!

FIM

Gilberto Schwartsmann é médico oncologista, professor titular da Faculdade de Medicina da Universidade Federal do Rio Grande do Sul (UFRGS), membro titular e ex-diretor da Biblioteca da Academia Nacional de Medicina. Presidiu a Academia Sul-Rio-Grandense de Medicina. É membro correspondente da Real Academia de Medicina da Espanha. Preside a Associação de Amigos do Theatro São Pedro, a Bach Society Brasil e a Associação de Amigos da Biblioteca Pública do Estado do Rio Grande do Sul. É patrono do Instituto Zoravia Bettiol e sócio benemérito da Associação de Artes Plásticas Francisco Lisboa. É membro do Conselho da Fundação Iberê Camargo. Presidiu a Fundação Bienal de Artes Visuais do Mercosul. Recebeu a Medalha do Mérito Farroupilha da Assembleia Legislativa do Estado do Rio Grande do Sul e a Medalha do Exército Brasileiro. Recebeu o Prêmio Eva Sopher de Destaque Cultural e o Prêmio Açorianos de Cultura da Prefeitura Municipal de Porto Alegre. Recebeu a Medalha Simões Lopes Neto, como destaque na cultura, pelo Governo do Estado do Rio Grande do Sul. É cidadão honorário das cidades de Porto Alegre, Canoas, Barra do Ribeiro e Nova Petrópolis, no Brasil, e Viña del Mar, no Chile. É cronista e ensaísta eventual nos jornais *Zero Hora* e *Correio do Povo*. É autor de livros médicos e escreveu *Frederico e outras histórias de afeto* (Libretos, 2013), *Meus olhos* (Sulina, 2019), *Acta diurna* (Sulina, 2020), *Max e os demônios* (Sulina, 2020), *Divina rima: um diálogo com a Divina comédia, de Dante Alighieri* (Sulina, 2021), *Gabinete de curiosidades* (Sulina, 2021) e a peça teatral *O sol brilhou na Currúpnia* (Sulina, 2022).

SOLO
editoração & design gráfico

Fone: 51 99859.6690

Este livro foi confeccionado especialmente para a
Editora Meridional Ltda.,
em Electra LH RegularOsF, 11/15 e
impresso na Gráfica Noschang.